書下ろし長編時代小説

若さま剣客　一色綾之丞

世嗣の子

藤井　龍

コスミック・時代文庫

この作品はコスミック文庫のために書下ろされました。

目次

企画編集／小説工房シェルパ（細井謙一）

第一話　拐《かどわ》かし

一

「おぬしら、人違いではないか」

一色綾之丞《いっしきあやのじょう》は、抑えた低い声で問いかけた。

目の前に現れた二十人ほどの武士たちは、いずれも覆面《ふくめん》をして袴《はかま》の股立《ももだ》ちを取り、襷掛《たすきが》けした出立《いでた》ちだった。

「身なりから察するに、いずれかの家中の者だろうが、俺になんの用がある」

綾之丞は、射《い》るような眼差《まなざ》しで一団を睨《にら》みすえた。

「まっとうな侍に恨《うら》みを買う覚えはない」

本所《ほんじょ》・深川《ふかがわ》あたりで日々喧嘩《けんか》に明け暮れている綾之丞だが、相手は破落戸《ごろつき》や浪人はじめ、近辺の不良旗本、御家人どもばかりだった。

「そこもとが、旗本一色家の次男、綾之丞とは承知の上じゃ」

「命まで取るとは言わぬ。腕の一本もいただこうか」

「ふふ、足でもよいぞ」

「そのにやけた面《つら》を斬り刻んで、二度と表を出歩けぬようにしてやろうぞ」

月明かりに照らされた武士たちは、覆面の下でくぐもった笑い声を上げた。

(兵馬《ひょうま》がほどなくここにやってくるはず。あいつを巻き込むのはまずい)

親友である榊《さかき》兵馬の締まりのない顔を思い浮かべた。

綾之丞と兵馬は、暮六ツ(午後六時頃)に袖摺《そですり》稲荷の裏手で落ち合って吉原《よしわら》に繰り出す約束をしていた。

(兵馬は人を斬ったためしがないと言ってたからな)

綾之丞は、剣の力量も経験もない兵馬の身を案じた。

「れっきとした武家なら、やり合う前に正々堂々と名乗りを上げたらどうだ」

自らを落ち着かせようと、綾之丞は余裕のあるふりをした。

「そこもとに名乗る名などない」

「出方次第では、命をもらい受けてもよいのだぞ」

武士たちは殺気をはらんだ脅《おど》し文句を並べ立てた。

「上等だ」

綾之丞の全身を巡る血が、ふつふつと滾《たぎ》り始める。

吉原での喧嘩の舞台と言えば、袖摺稲荷と相場が決まっている。

袖摺稲荷の少し先は広々とした吉原田圃《たんぼ》で、門前にある茶屋の前を通り過ぎて社殿の裏手まで来れば、まったく人気《ひとけ》がなくなる。芝草で覆《おお》われた平地が広がっていて、斬り合うには格好の場所だった。

綾之丞は緊張で乾いた唇を、舌でぺろりと湿し、

「面白い。ここなら死人が出るまで殺《や》り合おうと、邪魔は入らぬからな」

我が身に集中する殺気を跳ね返すように挑発した。

「言わせておけば、生意気な小僧め」

「成敗《せいばい》するのが世のためだ」

「身のほど知らずに手加減は無用じゃ」

綾之丞に向かって吐き出される罵声《ばせい》が絡《から》み合って、殺気がさらに色濃くなった。

二十人を相手にして、まともに戦う馬鹿はいない。

いかなる名刀であろうとも刀身は曲がり、刃《は》こぼれして途中で遣《つか》えなくなる。

刀が折れた時点でおしまいだ。

常夜灯が、黐《もち》の木や桜の古木を浮かび上がらせてほのかに瞬《またた》いている。

「問答無用！」

背の低い武士が斬りかかってきた。

「おっと」

まだ抜刀《ばっとう》せずに綾之丞は体さばきでかわした。武士は勢いあまって蹈鞴《たたら》を踏んだ。

「油断するな。優男《やさおとこ》と侮《あなど》るでない」

後方にいた、年嵩《としかさ》らしき声音《こわね》の武士が叱咤《しった》した。

「部屋住みの分際《ぶんざい》で、花魁《おいらん》遊びをするとは、身のほど知らずめ」

一撃をかわされた背の低い武士が、憤怒《ふんぬ》で声を震《ふる》わせながら声高に呼ばわった。

「語るに落ちるとは、このことだ。てめえら、例の『若隠居』の差し金だな」

綾之丞は武士たちを操《あやつ》る黒幕の正体に察しがついた。

「若隠居など知らぬわ。我らは、舐めた真似をいたす若造に灸《きゅう》を据えんとする有志じゃ」

別の武士が、抜刀しながら低く吠《ほ》えた。隠しきれぬ動揺で、綾之丞に向けた切っ先がかすかに震えている。

「花魁が己《おのれ》の意のままにならぬゆえ、供《とも》回りに命じて俺が吉原の大門《おおもん》をくぐれぬようにしようとの魂胆《こんたん》か」

近頃、綾之丞は、吉原で名高い「玉屋《たま》」の花魁・霧里《きりさと》と縁ができた。綾之丞に惚《ほ》れ込んだ霧里は、今まで最上級の客として遇していた、さる大名家の若隠居につれなくなった。

「霧里にご執心《しゅうしん》なさる高貴なお方が、どこのどなたさまか存ぜぬが……」

当人の素行《そこう》の悪さゆえ若くして隠居させられたのか、事情があって隠居し、鬱憤《うっぷん》を晴らすために遊びに興じているのか、いずれにせよ、お忍びの吉原通いゆえ、吉原の者たちも詳しい素性《すじょう》は知らなかった。大勢の供回りを引き連れての登楼《とうろう》ゆえ、「有力なお大名の若隠居に相違ない」と誰もが想像を逞《たくま》しくしていた。

「馬鹿隠居にお仕《つか》えするご家来がたは、たいそうご苦労なことだ」

綾之丞は鼻先で笑った。

「なにぃ、我らを愚弄《ぐろう》いたすか。ますますもって許せん」

「膾《なます》に刻んでくれるわ」

覆面の下から、ぎりぎりという歯軋《はぎし》りの音が聞こえた。

「ふっ、冷静さを欠けば命取りになるぞ」

綾之丞はさらに煽《あお》りながら、じりじりと堤の斜面に足を向け、

「ここまで来い」

と一気に土手を駆け下った。

「逃げるか、待て！」

どっと武士たちが続いた。地鳴りのような足音が綾之丞を追ってくる。

土手を下りきった先は、見渡す限りの吉原田圃だった。

「素直に詫びを入れれば腕の一本で済むものを。よほど命が惜《お》しくないと見える」

まだ鞘《さや》に納めたままだった者たちも次々に抜刀した。

綾之丞は尊崇《そんすう》する足利義輝《あしかがよしてる》公と同じ状況ではないかと思うと、背筋がぞくりとした。

二条《にじょう》御所で、次から次へと迫り来る無数の雑兵相手に、「三日月宗近《みかづきむねちか》」はじめ数々の名刀を振るって奮戦した義輝公の勇姿が、鮮やかに脳裡《のうり》に思い浮かんだ。

綾之丞は義輝公に憧《あこが》れて、「いつでも死ねる」という乾坤一擲《けんこんいってき》の魂を自分も持っているつもりだった。

「こうなれば斬り死に覚悟だ。だが簡単には死なぬぞ」

叩きつけるように言い放つと、月明かりの下、蓮田《はすだ》の畦道《あぜみち》をめざしてさらに走

った。

「逃すな」

覆面の武士たちが追ってくる。袴の裾《すそ》がばたばたとはためく音が重なった。武士たちの提灯《ちょうちん》がせわしなくあたりの闇《やみ》を照らす。

「やや、これはいかん」

先頭の武士が、はっとした様子で立ち止まった。後続の者がぶつかりそうになって、かろうじて足を止めた。

気がついてみれば、畦の両側は蓮が植えられた底の深い泥田《どろた》だった。これでは足場が悪く、踏み込めない。必然的に細い畦道で一対一で戦うことになる。綾之丞はこれを狙っていたのだ。

「来い！」

綾之丞は自慢の愛刀「関《せき》の孫六兼元《まごろくかねもと》」を鞘走らせた。

兼元は、父から譲られた実戦向きの刀で、「首斬り浅右衛門《あさえもん》」こと山田《やまだ》浅右衛門が試し斬りによって、「最上大業物《おおわざもの》」と定めた一刀だった。

「せやああ！」

敵の一人が果敢《かかん》に攻め込んできた。

綾之丞も、畦道を踏み外さぬよう前に出る。

敵は上段から面打ちに来た。

綾之丞は突きで攻める。

上段に取ろうとする敵の左小手《こて》を打った。確かな手応えがあった。

腕に深手を負った敵は畦道を踏み外して泥田に転倒した。鈍い音が耳に届く。

「臆するな」

新手が綾之丞めがけて突進してくる。

この男にも傷を負わせ、泥田に落とした。

またしても一人が果敢に攻め込んできた。三人、四人と斬り、泥田に叩《はた》き落とした。

致命傷は負わせていないが動けなくした。真っ暗な泥田のそこここで呻《うめ》き声が響く。

(きりがないな)

敵の戦意は一向に衰えそうもなかった。さらに新手が畦道を突進してくる。

骨に当たると刃こぼれしてしまうので、浅く斬って刀を長持ちさせる戦法だったが、手傷を負わす程度では、何人斬ろうと、敵は引き下がらなかった。

いつの間にか敵の一部は泥田を迂回《うかい》していた。畦道の後方からも提灯が近づいてくる。前後を挟まれては万事休すだった。

綾之丞は、こめかみに嫌な汗を感じた。衆を頼む敵の勝利は明らかだった。なんとしても今すぐに敵の戦意を打ち砕かねばならない。

先頭に立った大柄な武士が、上段に大きく振りかぶった。

「きえええっ！」

裂帛《れっぱく》の気合で大刀を斬り下ろしてきた。

綾之丞は右に開いて受け流した。同時に刃を打ち込む。大きな手応えがあった。

「ひゅっ」と息の漏《も》れる音がした。

返り血を浴びぬよう綾之丞は、ついっと後ろに跳んだ。

両断された敵の上半身が、泥田にどっと落ちた。

続いて下半身が畦道に木偶《でく》のように転がった。

血が黒々と飛び散る。夜目にも白い臓物《ぞうもつ》が骸《むくろ》から溢《あふ》れ出した。

「あー、達之助《たつのすけ》！」

敵の一人が悲痛な叫びを上げた。

「おのれ、よくも朋輩《ほうばい》を……」

先頭の敵が地団駄《じだんだ》踏んで悔《くや》しがった。

だが、さすがに臆したようだった。その場に踏み留まり、さらなる攻撃に出てくる気配はなくなった。

すぐ後ろまで肉薄してきていた敵が退き、大きく間を空けた。

前方の敵は草地まで後退して綾之丞と対峙《たいじ》した。

「まだ、やり合うつもりか」

綾之丞は前後に首を回して敵を睨みつけた。

「死人まで出るとは思わなんだ」

「なにもご存じない殿にも、ご迷惑がかかるやもしれぬ」

武士たちは互いに顔を見合わせた。

「肝心《かんじん》のご隠居さまは、この一件をご存じないのか。よ～く気が利く忠義なご家来を持たれたものだ。ご隠居さまのご機嫌とりのつもりが、死人まで出る大事《おおごと》になったわけか」

綾之丞は苦笑した。

と同時に、急に馬鹿らしくなってきた。斬り死に上等とはいえ、お互いつまらぬ喧嘩で命を落とすまでもない。

「もともと霧里が勝手に惚れてきただけだ。俺は霧里に執着などない。てめえらの忠義に免じて顔を立ててやろう。今後、玉屋には揚《あ》がらぬ」

綾之丞は太っ腹なところを見せた。

喧嘩はお互い引き際が難しい。喧嘩慣れしている綾之丞は落としどころを提供してやったつもりだった。

「どうだ。無益な喧嘩は、もうやめにせんか」と畳みかけた。

「これ以上意地を張って死人を増やせば、世間に隠し通せなくなるぞ。大目付の耳にでも入ればどうなるか、考えてみろ」

「うう……」

勢いを削がれた武士たちは悔しげに呻いた。

「退《ひ》け、退け」

頭《かしら》らしき武士が決断を下した。

「し、しかし……」

そこここで不承知の声が上がったものの、声高に主張する者はいなかった。

おもむろに数人の者が骸を回収し始めた。残りの者は、負傷した仲間をかばいながら袖摺稲荷の方角へと消え去った。

「一昨日《おとつい》来やがれ」

綾之丞は、愛刀・孫六兼元に血振りをくれた。

今になって肩の力がふっと抜けた。

刀身が微妙に歪《ゆが》んでいて、もはや鞘に納まらなくなっていた。歪みが戻るまで刻がかかる。

(これは難儀だな)

綾之丞は愛刀をかついで袖摺稲荷に向かった。

満月を映し出して、広がる田圃の中には無数の「田毎《たごと》の月」があった。

田毎という言葉通りすべての田に月の影が映っているわけではないが、歩くにつれて、揺らめく月影が田圃から田圃へ移動して、ひたひたと追ってくるようだった。

綾之丞は田圃の彼方で、きら星のごとく輝く吉原に目を向けた。

吉原は、一面の田圃の海に浮かぶ浮島のように見えた。

暗闇のなかで不夜城だけが、遊客を誘ってきらきらと輝いている。

綾之丞は、ゆったりとした足取りで袖摺稲荷まで戻った。

御神燈《ごしんとう》の明かりが、頼りなくゆらりゆらりと社殿の参道を照らしている。

榊兵馬の姿はまだ見えなかった。

(兵馬を巻き込んでおれば無事では済まなかったろう。ふふ、悪運の強い奴め)

手水舎《ちょうずや》で愛刀を念入りに洗って懐紙で水気を拭《ふ》き取ったあと、ようやく歪みが元に戻った刀身を鞘に納めた。

(やれやれ……)

納刀できぬまま屋敷に戻れば、大勢の使用人の目がある。

綾之丞の落ち度を鵜《う》の目鷹《たか》の目で探している義母に告げ口され、五月蠅《うるさ》く糾弾されるところであったが、幸い、事なきを得た。

(とんだけちがついた。兵馬も来ぬゆえ、吉原詣では後日にするか)と立ち去りかけたとき、

「すまん、すまん。遅くなってしもうた」

提灯片手に兵馬が、参道を抜けて姿を現した。走ってきたらしくひどく息切れしており、提灯の明かりで額《ひたい》の汗が光っている。

「ようやく待ち人来《きた》るか」

「すまぬ、綾之丞、気の短いそなたゆえ、もうおらぬかと案じながら走って参っ

たが、出会えて良かったぞ」

「吉原詣での約束に限って、刻限を違えたためしがないのに。兵馬、おぬしらしくもない。なにかあったのか」

「いざ出かけようと思うたところ、父上に『またしても吉原通いか』と見咎《とが》められての。上手く取り繕《つくろ》うて出かけるのに刻《とき》を費やしてしもうた」

気が弱い兵馬は、綾之丞の機嫌を損《そこ》なうまいと、大仰《おおぎょう》な身振りでくどくどと言い訳をした。

「兵馬に比べれば、俺は恵まれた境遇かもしれぬな」

綾之丞は苦笑いした。

綾之丞の父・銀之丞《ぎんのじょう》は温厚な人柄だった。

乱暴者の息子を恐れてか、綾之丞の嘘を真に受けているゆえか判然としなかったが、金子《きんす》の遣い道に口出ししたためしがなかった。

「兵馬の父御《ててご》は、御役目を解かれての小普請《こぶしん》入りで、暇を持てあましておられようしな」

「いかにもそうじゃ。いつも屋敷におるゆえ、監視されておるようで窮屈《きゅうくつ》でいかん」

兵馬は猪《いのしし》のように太短い首の後ろを、ぼりぼりと掻《か》いた。

「同じ親戚筋で屋敷も隣り合うておるのに、わが榊家と一色家との差は、開くばかりで情けないことだ」

榊家は、当主が小普請なうえに惣領《そうりよう》息子もまだ無役だった。

片や一色家は、当主が百人組之頭を務め、惣領の一之丞も西ノ丸に小姓として出仕《しゆつし》していた。

「いやいや、一色の家は入るものも多いが、出ていく『掛かり』も馬鹿にならぬぞ。気位の高いあの女狐《めぎつね》が、一色家の体面を保つためと称して派手に無駄遣いしおる。おかげで我が家の台所も火の車よ」

綾之丞は、義母の狐顔を忌々《いまいま》しく思い浮かべながら吐き捨てるように言った。

このご時世、家計不如意《ふにょい》に陥《おちい》った旗本は多かった。一色家は内福とはいえ、金子の無駄遣いは厳に慎《つつし》まねばならないのは他家と同じであった。

三千石の大身旗本ともなれば、体面と実務の両面から、役職及び家政向きの使用人をそれぞれ数人、二本差しの士と木刀差しの小者を十数人、女中も数人雇う必要があった。

奉公人の数を抑えている旗本家も多いなか、一色家は、奥向きに必要を超えた人員を抱えている。美しい義母が支配する奥向きは、年々派手になるばかりだった。

「はは、女狐とはよく言うた。綾之丞、あの義母《はは》御は、狐というより一色家を食い潰《つぶ》す狼《おおかみ》かもしれぬな。はははは」

兵馬は乾いた甲高《かんだか》い笑い声を上げた。

「女狐も金を食うが……」

義母と一対になった兄・一之丞《いちのじょう》の顔が脳裏に浮かんだ。

一色家の嫡男・一之丞は正室である義母の子で、綾之丞は、父が気紛《まぐ》れに手をつけた町屋の娘の腹から生まれた。出自の卑《いや》しさゆえ家中で軽んじられ、義母に辛く当たられて育った。

「小姓に取り立てられた兄者も、なにかと物入りだ。先を見越して今から根回ししておかねばならぬからな」

懐手《ふところで》をした綾之丞は、苦々しい思いで吐き捨てながら、松の木の根方を踏みにじった。

「ところで綾之丞、先ほど門前で怪《あや》しげな武家の一団とすれ違ったのだが、負傷者を抱えておったぞ。なにか騒ぎがあったのかな」

兵馬は訝《いぶか》しげに首をひねりながら、闇夜に紛れた門前のほうに目をやった。

「あれか、実はだな……」

綾之丞は武勇伝を語りたくなったが、すぐに思い直した。

兵馬と連れだって吉原に出向く際は、いつも大門前で待ち合わすことにしていた。

今宵《こよい》に限って兵馬が、袖摺稲荷の裏手などという妙な場所に呼び出したせいで襲われたのだった。

武士たちから襲撃を受けたことを有り体《てい》に話せば兵馬のことだ、己のせいだと平謝りをするに違いなかった。それではこれから遊びに出かけるというのに、お互い気まずくなってしまう。

一陣の風が二人の間を吹き抜けた。

綾之丞は己の身体についた血の臭いを、風下に立つ兵馬が感じぬかと心配になった。返り血は浴びていないつもりだったが、暗いため確信が持てなかった。

「いや、俺もわからぬ。武家同士、吉原田圃で派手にやり合うておったようだが」

綾之丞は惚《とぼ》けながら袴の裾を払うと、

「さあ、吉原へ繰り出すとしようか」

と兵馬を促《うなが》した。

「霧里花魁が、客も取らずに恋しい綾之丞さまをお待ちかねだろう」

事情を知らぬ兵馬は、暢気《のんき》な口調で吉原の明かりを指差し、先に立ってさっさと歩き始めた。

二人は日本堤《にほんづつみ》の手前にある編笠《あみがさ》茶屋の前までやってきた。

両側に葦簀《よしず》張りの茶屋が並んだ道を、さまざまな身分の遊客たちがうきうきと歩いていた。駕籠《かご》がせわしなく行き来し、遊び終えて早々と家路に着く者たちもいた。

肩を並べた綾之丞と兵馬は、日本堤をぶらぶらと歩き始めた。

「兵馬、今夜は別の見世に揚がるつもりだ。霧里には飽きた。落とすまでは面白いが、相手がぞっこんとなれば、途端につまらなくなるものだ」

足を運びながら、綾之丞は首の後ろをするりと撫《な》でた。

「もったいない。せっかく、あの霧里花魁の間夫《まぶ》になれるというに」

兵馬は心から羨《うらや》ましげに嘆息《たんそく》した。

旗本家の「厄介者《やっかい》」同士、鬱々《うつうつ》とした境遇が共通している二人だったが、外見には天と地ほどもの大きな開きがあった。

二十歳を過ぎたばかりの綾之丞は、歌舞伎役者顔負けの、非の打ちようのない美男だった。

若々しい生気が漂う、きりりとした眉宇《びう》、刃のごとく澄みきった黒い瞳、気品を漂わせる鼻梁《びりょう》、やや厚みがあって夜目にも紅さが目立つ唇の持ち主だった。艶《つや》のある黒髪も自慢で、剣客《けんきゃく》を気取った総髪を馬の尻尾のように束《たば》ねていた。

かたや、二歳年上の兵馬は小太りの醜男《ぶおとこ》で、当人は洒落者《しゃれもの》を気取っているものの、どう贔屓目《ひいきめ》に見ても板についていなかった。

綾之丞は、今宵も地味な色目の着物を身につけていた。地味さがかえって、ぱっと咲いた桜のような若者の輝きを引き立たせていた。

彼方で見返り柳の枝が黒々と差し招いている。

二人連れの町人が綾之丞らを追い抜いていった。

男たちはひと目で地廻りとわかる風体《ふうてい》だった。手拭《ぬぐ》いを頭にかぶってだらしない格好《かっこう》をしている。ちなみに地廻りとは、登楼する金もないため、遊女屋を冷やかして廻るだけの吉原界隈《かいわい》に住む職人や遊び人のことだった。

「地廻りなど、なにが面白いのだ。毎晩、ご苦労なことだ」

綾之丞が嘲笑《ちょうしょう》しながら追い越し返すと、地廻りの一人が露《ろ》骨《こつ》にむっとした顔をした。

たちまち地廻りたちの足が速まった。

「兵馬、急ぐぞ」

綾之丞は追いつかれぬよう早足になった。

「おい、おい、待て、綾之丞」

慌《あわ》てた兵馬がばたばたと追ってくる。

ふと振り向けば、地廻りたちとの距離が開いていた。競走を諦《あきら》めたのか、地廻りたちは再びだらだらした歩き方に戻っている。

「ざまあ見ろ」

ようやく歩を緩《ゆる》め、追いついてきた兵馬に顔を向けた。

「先ほどの霧里の話の続きだがな。花魁に、己で己を買う『身揚がり』をさせて無料《ただ》で遊ぶのは、敵方《あいかた》にも見世にも引け目を感じるから嫌なのだ。あの通り霧里は気《き》っ風《ぷ》が売りだからな。五つも年下の俺に金を遣わせたくないと意地を張っておる。なんともありがた迷惑で負担に思うておったのだ」

「しかしなあ、綾之丞。花魁に身揚がりさせるほど惚れられるのは男冥利《みょうり》に尽きるではないか。なあ、そうは思わぬか。もったいない話だ」

兵馬は羨望《せんぼう》の眼差しで綾之丞を見た。

これ以上、霧里の話題は御免だった。面倒くさくなった綾之丞は兵馬に水を向けた。

「そう言うおぬしこそ、近頃、馴染《なじ》みの女ができたではないか。なんという名だったかな。なかなか良い女ではないか」

綾之丞の言葉に、兵馬はたちまち相好《そうごう》を崩《くず》してのろけ始めた。

「おお、目の肥《こ》えた綾之丞でも志津加《しづか》を良い女だと思うのか。志津加は見かけも良いが、男を見る目のある女でな。志津加ひと筋に通う拙者《せっしゃ》の真心が、とうとう通じたわけだ」

「はあん」

たちまち馬鹿馬鹿しくなった綾之丞は、気のない合いの手を入れた。

「聞いてくれるか、綾之丞。志津加は『殿御のお値打ちは、金子の多寡《たか》やら顔形では計れぬでありんす』と申してな。会えぬ夜は拙者が恋しゅうて密かに枕を涙で濡らしておるそうじゃ。いじらしいではないか。ふふ、拙者としては、無理をしてでも毎晩通わねばならぬ道理なのじゃ」

兵馬は目尻をだらしなく下げた。

（もう少し頭の働く男と思っておったが、ひとたび女子《おなご》に惚れると、このように目が曇るのか。俺には信じられぬ）

臆面《おくめん》もなく鼻の下を伸ばしている兵馬の愚かさ加減に苛立《いらだ》ちさえ覚えた。

十六のおり、兵馬の誘いで廓《くるわ》に足を踏み入れて以来、吉原通いも五年目になる。手痛い目にも遭いながら女修行をみっちり積んだつもりである。綾之丞は女について大いに自信があり、一家言《いっかげん》を持っていた。

「真心だと。馬鹿馬鹿しい。廓の女に真心などあるわけがない。おぬしは体よく鴨《かも》にされておるだけだ。深入りして身を持ち崩すは愚の骨頂だぞ」

と決めつけた。

兵馬は、綾之丞の嘲笑には応えず、

「遅くなってしもうた。志津加にもう客がついておるやもしれぬ。早く参ろう」

気もそぞろな様子で綾之丞を急かすと、うねうねと曲がりくねった五十間《ごじゅっけん》道を大門へ向かった。

彼方に浮かぶ屋並みが遊女屋だった。

兵馬は、短い足をせわしなく動かしながら半歩前を歩き、綾之丞は懐手をしながらわざとゆったり歩を進めた。

大門へと急ぐ駕籠が二人をついと追い越していった。釣られて兵馬の足が速くなり、綾之丞との差が広がった。

大門の前まで来た。

右手に吉原名物の釣瓶蕎麦《つるべそば》屋「増田屋《ますだや》」の縄暖簾《なわのれん》が揺れている。

大門より内側には、医師以外、駕籠に乗ったまま入れぬ決まりだった。蕎麦屋の脇に止められた駕籠からは裕福そうな町人が下りて、いそいそと大門をくぐった。

「ところでな、綾之丞」

兵馬が立ち止まってくるりと振り返った。口元に卑屈《ひくつ》な笑みを浮かべている。

「なんだ、急に改まって」

「今宵は屋敷をこっそり抜け出して参ったもので手元不如意でな。その……」

「金子の心配なら任せておけ。ほかならぬ兵馬の窮地だ。俺がなんとかしてやる」

財布のずっしりとした重みを懐に感じながら胸をどんと叩いた。

「すまぬ、いつもすまぬな、綾之丞」

兵馬はそう言いながらも先に立って、黒塗りの板葺《ぶ》き屋根が付いた冠木門《かぶきもん》をくぐって煌《きら》びやかな廓内に入っていった。

二

吉原田圃《たんぼ》での大立ちまわりから数日が経った。

あの晩、綾之丞はいずこの見世にも登楼《とうろう》せず、本所五間堀《ごけんぼり》にある一色家居屋敷まで戻った。以来、吉原から足が遠のいている。

とっぷりと日が暮れて暗くなった空に星が見え始めた。日中の汗ばむ日差しから一変して、磯の香りを宿したひんやりとした風が吹き渡ってくる。

通りを吹き抜ける一陣の風が頰《ほお》を撫《な》でて大きなくしゃみが一つ出た。

「おっと」

辻《つじ》を曲がった綾之丞は、出会い頭に危うく男とぶつかりそうになった。

職人風の男は、必死の形相《ぎょうそう》を顔に張り付かせて赤子同然の幼児を小脇に抱えていた。

「危ないではないか。おい、謝らぬか」

綾之丞の叱責《しっせき》に応じず、男は脱兎《だっと》のごとく走り去った。

「なんだ、無礼な奴め」

舌打ちしながら綾之丞はさらに歩を進めた。したたかに酔っているせいで足下がおぼつかない。

昨日、浅草寺の境内で知り合った町娘の家をめざしていた。女は両親と住んでいて一人暮らしではなかったが、裏木戸から入る手はずを示し合わせてあった。

「道に迷ってしもうたか。確かこのあたりの仕舞屋《しもたや》だと聞いたが……」

つぶやく声だけが、寂しい通りに虚《むな》しく吸い込まれた。

富岡町《とみおかちょう》から少し先に行けば十五間川《じゅうごけんがわ》沿いの通りに出る。

綾之丞は、ぶら提灯《ちょうちん》を片手にふらふらと歩き続けた。

盛り場として朝から夜までにぎわう深川だが、富岡《とみおか》八幡宮の裏手は大名の下屋敷がひっそりと立ち並んで宴《うたげ》の音曲も遠かった。

鬱蒼《うっそう》とした森を擁《よう》した屋敷はみな、人気《ひとけ》が感じられなかった。塀《へい》越しに伸びた松の枝が黒々と触手のように張り出している。

池の鯉《こい》がはねる音がびしゃっと大きく響いた。

（ん、この殺気はなんだ）

辻の向こうから漏《も》れる鋭い殺気を感じた。

だが、綾之丞に向けられたものではなかった。

耳を澄ました。自慢の耳が捕らえた音は、男の呻《うめ》き声と数人がばたばたとせわしなく動きまわる足音だった。

「喧嘩《けんか》か。面白い」

足を早めて辻を曲がった。

提灯が道に転がって燃え上がり、暗闇《やみ》を照らし出していた。

炎の明るさが、かえって周りの闇を濃く感じさせた。辻番所の高張《たかはり》提灯の灯《ひ》が道の彼方にぼんやりとにじんでいる。

頭巾《ずきん》をかぶった身なりの立派な武士と、いかにも怪《あや》しげで貧相《ひんそう》な身なりの浪人者が対峙《たいじ》していた。武士は浪人者の気迫に押されている様子だった。

破落戸《ごろつき》のような風体《ふうてい》の男が三人おり、一人が倒れて呻《うめ》いていた。残る二人は遠巻きに右往左往しているばかりと見て取れた。

綾之丞の姿に皆がはっと動きを止め、敵味方総勢五人の視線が集中した。

「いったい、なんの騒ぎだ」

問いかけに、頭巾の武士が真っ先に動いた。ぶっさき羽織をまとった略服とはいえ、羽織も袴《はかま》も明らかに上物を身につけている。

「辻斬りじゃ。ご助勢を」

武士はくぐもった低い声で告げた。

「なに、辻斬りだと。面白い」

どちらに加勢すべきか明白になった。

綾之丞は、手にした提灯を土塀の隙間《すき》に突き刺すや、関の孫六兼元の鯉口《こいぐち》を切った。

「助太刀《すけだち》いたすゆえ、安心しろ」

背後に武士をかばって浪人者と対峙した。

「ちょ、ちょっと待たんかいや、兄ちゃん」

近づけば臭いそうな薄汚い辻斬りが慌《あわ》てた様子で叫んだ。

「ええい、こしゃくな。辻斬りの分際《ぶんざい》でなにを今さら」

綾之丞は声に力を込めて厳しく制した。

「わいは、すぐ近所の磯次店《いそじだな》に住んでる飛鳥総十郎《あすかそうじゅうろう》っちゅうもんや。辻斬りなんかやあらへんで」

総十郎と名乗った辻斬りは、大仰《おおぎょう》に両手を振って見苦しい言い訳をした。

「問答無用だ。身なりを見れば善悪は明らか」

綾之丞は白刃をすらりと抜き放った。

「待ってんか、兄ちゃん、誤解やでえ」

総十郎の大坂弁が、ふざけているようでいかにも胡散《うさん》臭い。

「なにを申す。この辻斬りめ、この一色綾之丞さまが成敗《せいばい》してくれる」

綾之丞は、振りかぶりざま袈裟《けさ》がけに斬り込んだ。

「ほりゃ」

総十郎の腰がわずかに沈んだ。鈍重《どんじゅう》そうな熊男に似合わぬ身の軽さだった。

「え?」

孫六兼元は虚《むな》しく空を切った。

「な、なんだと?」

面食らいながらも即座に体勢を立て直し、再び総十郎に切っ先を向けた。

「危ないやないか」

総十郎は、大ぶりで歯並びの良い歯列を見せて笑った。日に焼けた顔は闇に紛《まぎ》れがちだったが、歯だけが白々と光を放っている。

「兄ちゃんも、結構、遣《つか》えるみたいやな。そやさかい、こっちかて上手いこと手加減するっちゅうわけにはいかへん。斬り合うっちゅうたら、命のやり取りになってまう。お互い命あっての物種やろがな」

余裕の笑みが憎々しい。

「なにを申す。刃を交えるからにはその覚悟だ。遠慮なく参れ」

綾之丞は苛立《いらだ》って叫んだ。

思わず声が裏返ってしまい、羞恥《しゅうち》で身体がかっと熱くなった。

「そない粋《いき》がらんかてええがな。そもそも兄ちゃんと斬り合う謂《い》われはあらへんのや」

総十郎はひらりと後方に跳んで十二分に間合を空けた。

「臆したか」

油断なく構えながら、綾之丞はつつっと前進して間合を詰めた。

「俺を侮《あなど》っておるのか。直心影《じきしんかげ》流の腕の冴《さ》えを思い知らせてやる」

威勢良く叫んだつもりだったが……。

まだ目録止まりなので「免許皆伝」を名乗れなかった。なんら威嚇《いかく》にならないと気づいてますます頭に血が上った。

実力は道場の高弟たちと互角だと自負しているものの、道場主である男谷下総《おだにしもうさ》守信友《のぶとも》（男谷精一郎《せいいちろう》）は、なんのかんのと難癖《なんくせ》をつけて、いまだに免許を許さなかった。

今は聖人君子を気取っている温厚な精一郎だが、新太郎《しんたろう》と名乗っていた二十歳過ぎの頃は、勝小吉《かつこきち》（勝夢酔《むすい》・勝海舟《かいしゅう》の父）とつるんで喧嘩に明け暮れていた。己の過去を棚上げして他人の生き方を非難するとは卑怯《ひきょう》ではないかと綾之丞は納得がいかない。

（師匠のおかげで俺はとんだ恥をかかされた）

精一郎に対する憤懣《ふんまん》が、怒りの火に油を注《そそ》いだ。

「わいは、いろんな流派を渡り歩いてたさかいな、名乗る流派もあらへんけど、おんどれとはええ勝負になると思うで。そやからお互い、刀を納めて話し合おやないけ。ちゃんと説明したるさかいに。なあ、兄ちゃん」

総十郎の人を食った大坂弁に腸《はらわた》が煮えくり返った。

「許さん。叩っ斬る」

こめかみをひくつかせながら、またしても果敢《かかん》に攻めた。

だが、総十郎は一合も交えぬまま、綾之丞の刃先をくるりくるりとかいくぐって右へ左へと逃げまわった。

「濡《ぬ》れ衣《ぎぬ》や、濡れ衣やでえ」

小汚い辻斬り風情《ふぜい》にすっかり馬鹿にされた綾之丞は、悔《くや》しさに歯噛《が》みしながら遮二無二《しゃにむに》ぶんぶん剣を遣った。

「やめんかいな〜」

総十郎はひょいひょいと逃げる。

敵に戦意がなければ戦いにくい。綾之丞の切っ先は自然に鈍くなった。

「石地蔵に蜂《はち》」「石に灸《きゅう》」「暖簾《のれん》に腕押し」である。総十郎の攻撃はいっさいなく、綾之丞の刃先が総十郎に達することもなかった。

「逃げるな、尋常に勝負しろ」

追いまわし続けた綾之丞は、ぜーぜーと息切れし始めた。

月を覆《おお》い隠していた黒い雲が流されてあたりが明るくなった。通り全体がほの白く光っている。

気づけば、いつの間にやら武士も破落戸も姿をくらませていた。

ぴり、ぴり、ぴり、ぴり。

どこからともなく、町方が吹き鳴らす呼子《よびこ》笛の甲高《かんだか》い音が響いてきた。笛の音は真っすぐに近づいてくる。

「御用だ、御用だ」

提灯を掲《かか》げた二人の男が、大声で呼ばわりながら駆け寄ってきた。

前を走る男は、目明かしの定番である縞《しま》の羽織に縞の着物を着て尻を端折《はしょ》っている。

間近で見れば六十過ぎの老人だったが、覇気が身体全体から染み出していた。子分らしきがっしりした体つきの若者を一人、引き連れている。

「おお、目明かしか。ちょうど良いところに参った。こやつは辻斬りだ。俺は今、成敗しようと……」

綾之丞が訴えかけたとき、

「磯次親分はん、ちょうどええとこに来てくれはった」

相好《そうごう》を崩《くず》した総十郎が目明かしに向かって声をかけた。

「あんりゃ」

磯次親分と呼ばれた目明かしは頓狂《とんきょう》な声を上げた。

「騒ぎを聞きつけてやってくりゃ、なんと飛鳥先生じゃござんせんか。いったいぜんたいどうなすったんで」

親しげに駆け寄った磯次は、あろうことか総十郎を先生呼ばわりした。

「お、おい、どういうことだ」

綾之丞の問いかけは中空に吸い込まれただけで誰も応えなかった。

「俺の姿が目に入らぬのか」

呆気《あつけ》にとられた綾之丞の目の前で総十郎は、

「磯次親分はん、どないもこないもあらへんがな。この兄ちゃんがわいを辻斬りと間違えてからにこのざまや」

まるで子供が親に言いつけるような口ぶりで事情を告げ始めた。

総十郎は長屋への帰途、子連れの職人と破落戸を従えた武士が揉《も》めている場に出くわした。

職人の手から子供が奪われたために放っておけなくなった。

子を抱えた破落戸に当て身を食らわせ、奪い返して親の手に戻した。

激昂《げっこう》する武士を相手に切り結んでいたとき、綾之丞が通りかかった。

という顛末《てんまつ》らしかった。

「おい、こやつの話を鵜《う》呑みにするのか」

綾之丞は語気鋭く抗議した。

「へえ、へえ」

振り向いた磯次は綾之丞に形ばかり頭を下げ、またしても総十郎に向き直った。

「そりゃあ、飛鳥先生も災難でやんしたねえ」

磯次は、銀製の鎖紐《くさりひも》のついた提《さ》げ煙草《たばこ》入れから、おもむろに煙管《きせる》を取り出した。革でできた煙草入れは鳶《とび》の頭《かしら》が持つようなご大層な品だった。

煙草にゆっくりと火をつけながら、

「飛鳥先生、その武家と破落戸の話ですがね。詳しく話していただけやすか」

おもむろに問いかけた。

磯次の脇に立っている猿顔の子分が、

「最近、江戸の町のあちこちで赤子や幼児の拐《かどわ》かしが横行しておりやしてねえ。親分と一緒に夜廻りしてたってえわけでさあ」

と大仰に眉根《まゆね》を寄せた。

「なんやて。あいつらが子取りの一味やったんかいな。それやったら手加減せえへんかったのに。ほんまに惜《お》しいことしたわ」

総十郎が忌々《いまいま》しげにわめいたが、間の抜けた大坂弁なのでひどく滑稽《こっけい》に感じられた。

「頭目の声には特徴があったさかいな。いっぺん聞いたら忘れへん。今度、遭《お》うたら、いてこましたる」

総十郎は大袈裟《げさ》に腕まくりして拳《こぶし》をぐっと握りしめた。正義の味方気取りの芝居がかった動作に、綾之丞は激しい反感を覚えた。

「頼みますよ、飛鳥先生」

磯次がなれなれしく総十郎の二の腕をぺちんと叩いた。

「で、その武家の羽織の紋は？」

子分が、子細ありげに眉間《みけん》に皺《しわ》を寄せて口を挟んだ。

「それがやな金太《きんた》、暗かったからよう見えへんかったんや。あー、返す返すも残念や」

総十郎は地団駄《じだんだ》を踏んで悔しがった。

「飛鳥先生のおかげで探索が進みそうでござんす。手がかりがまったくなかったもので難儀しておりやした。思い出したらなんでもよろしいので……」

「わかってまんがな。わいかて、大家の磯次親分はんのためやったらなんでもしまっせ」

磯次が大家で総十郎が店子《たなこ》（借家人）だったとは……。

大家は家主とも呼ばれ、地主に雇われて貸し家の管理をする。

店子をあらゆる面で監督・保証して責任を負うから、磯次が総十郎を無条件に信じるのももっとともだった。

「ほんでからに……」

「へえへえ」

総十郎は磯次らと頭を付き合わせながら話し込んでしまった。

綾之丞はすっかり忘れられていた。居場所がないどころか引っ込みがつかない。ばつの悪さに頬がかっと熱くなった。

愛刀・兼元を手にしたままだったと気づいてようやく鞘《さや》に納めた。

「つ、辻斬りではないという話は嘘ではなさそうだな」

金太だけちらりと視線を寄越したが、ふんと鼻を鳴らしてまた磯次たちの話に加わった。

「なんだ、馬鹿にしおって。俺は謝る気などないぞ。怪しい身なりで胡乱《うろん》な態度だった総十郎が悪いのだ」

綾之丞は千鳥足でふらふらと立ち去った。

三

とんだ大恥をかいてから十日ほど後の夜だった。

町木戸が閉まる夜四ツ（午後十時頃）が迫った頃、ほろ酔いの綾之丞は両国橋《りょうごく》西詰の火除《ひよ》け地、両国広小路《ひろこうじ》をぶらぶら歩いていた。

昼間は、見世物小屋や芝居小屋などがにぎにぎしく立ち並んで江戸随一の盛り場と称されるが、夕刻に、見世物も芝居も終わって簡素な小屋がしまわれると、潮が引くように人の姿がなくなって閑散とする。

昼間のにぎわいを知るだけに、夜の帳《とばり》が下りたあとの両国広小路はいっそう虚《むな》しさばかりが迫った。

夜鷹《よたか》どもが若さの衰《おとろ》えた顔に白粉《おしろい》を塗りたくり、手拭《ぬぐ》いで「人三化け七」な面相《めんそう》を隠しながら酔客の袖《そで》を懸命に引く。追い払っても追い払っても蠅《はえ》のようにしつこくつきまとってきた。

両国橋を渡れば本所だったたが、屋敷に戻る気分ではなかった。

「喧嘩《けんか》の一つや二つ、落ちていないものか」

ぶつぶつとつぶやきながら歩いた。

綾之丞は次男坊である。養子に迎えられる幸運が巡ってくるまで、研鑽《けんさん》を積みながらじっと待つしかなかった。

学問にいそしむ気などまったくない綾之丞は、好きな剣の道に励むほかはありあまる暇を持てあましていた。

今日も早朝から人気《ひとけ》のないだだっ広い庭で型稽古や素振りに励んだ。下女に給仕させて台所の板敷きで独り朝飯を食うと、直心影流男谷派の道場に向かった。

麻布《あざぶ》狸穴《まみあな》にある男谷精一郎の道場には十三歳から通い始めて足かけ七年になる。

もともと、本所亀山《かめやま》町にある団野源之進《だんのげんのしん》の道場に九歳頃から通っていたが、四年後、精一郎が団野から的伝を得て狸穴に道場を開いた。

他流試合を奨励実行する精一郎を慕《した》っていた綾之丞は、本所からかなり距離の離れた当道場に引き移ったという経緯があった。

道場での稽古が終われば、もうすることがない。

綾之丞は、暇さえあれば目的もなく気の赴《おもむ》くままに歩くことにしていた。

道場での稽古も大事だったが、江戸の町をやたら歩きまわれば足腰の鍛錬《たんれん》にもなると考えていた。

「今から柳橋《やなぎばし》にでも行ってみるか」

柳橋は大川《おお》と神田《かんだ》川の合流する地である。

河岸《かし》には船宿が立ち並び、吉原へ向かう猪牙《ちょき》舟や涼《すず》み舟が出てにぎわう。

料理茶屋も多く、花街としての顔も備えているから、喧嘩や揉《も》め事に出くわしやすかった。

綾之丞が柳橋のほうへ足を向けたとき、

「おっちゃん」

舌足らずな子供の声が聞こえて低い位置から袖《そで》を引っ張られた。

子供は大嫌いである。少しかまってやれば図に乗り、際限なく戯《たわむ》れかかって五月蠅《うるさ》いうえに埃《ほこり》や泥で汚れているから触れたくもなかった。

「おっちゃんとは誰のことだ」

袖をつかんだままの小さな影を見下ろした。

「ほない言うたかてあんたは子供やあらへんやん。そやからおっちゃんやがな」

色の白い女の子がつぶらな瞳で見上げていた。黒い瞳は強い光を宿している。

幼いながらもいやに整った顔を間近で見ると、

「なんだ、なにか用でもあるのかい」

と口調が腰砕《くだ》けになってしまった。

「なあ、おっちゃん」

市松《いちまつ》人形を思わせる女の子は、小さな歯をのぞかせてにかっと笑った。

「うちは阿久里《あぐり》っちゅうねんけど、迷子になってしもてん。おっちゃん暇そうやし、家まで連れて帰って欲しいねん」

「おっちゃんではない。お兄ちゃんだ」

と、きっぱり否定したうえで、もったいぶった口調で己《おのれ》の名を告げた。

「ほな、綾之丞はんでええかいな」

阿久里と名乗った女の子は、またしても人なつっこい笑みを見せた。

「妙な餓鬼《がき》だな」

綾之丞は懐手《ふところで》をしたまま阿久里をじっくりと観察した。厚かましい大坂弁とは裏腹に、顔立ちや表情、仕草《しぐさ》に品が感じられた。

継ぎのあたった粗末《そまつ》ななりだが着こなしもきちんとしている。背筋がぴしりと伸びていてどうやら武家娘のようだった。

「その言葉つきから察するところ、上方《かみがた》から来たのか」

「もう三年もお江戸で暮らしてるんやけどな。いっこも大坂弁が消えへんねん」

阿久里は小鼻《ふく》を膨らませてなぜか誇らしげな口調で言った。

「あ〜、ちょっと待てよ」

心に嫌な予感がむくむくと湧き上がった。

「もしかして阿久里は、飛鳥総十郎ってえ浪人の娘ではないか」

「あー、なんや。お父ちゃんを知ってたんかいな」

阿久里は嬉しげにぴょんと跳ねた。

まさかのまさかという予感は大当たりだった。恥をかかされた当の相手とまたしても顔を合わせることなど真っ平御免である。

「いや、一度、会っただけで住まいなど知らん」

取り付く島がないようにできるだけ素《そ》っ気《け》なく返した。

「けど、まんざら知らん間柄でもないんやし、長屋まで送ってんかいな」

阿久里も譲らない。

「断る。俺には送っていく義理などない。近くの番屋にでも行って頼め」

「番屋いうたかて、どこにあるかわからへん。おっちゃん、うちが攫《さら》われてもええんかいな。うちが人攫いに攫われたら、おっちゃんかて寝覚めが悪いやろ」

小さな口がぺらぺらまくし立てる。

「う、そりゃまあ……」

一瞬、返答に詰まった。

（やはり餓鬼に関わるとろくなことがない）

頭を巡らせてみると、屋根の上に設《しつら》えられた火の見梯子《ばしご》の半鐘《はんしょう》だけが黒い屋並み越しに見えた。

「阿久里は背が低いから見えなかっただろうが、番屋はすぐこの先だ」

辻《つじ》の先を指差すと、阿久里の返事を聞かずにさっさと歩き出した。

（厄介《やっかい》払いできたものの……）

両国橋の手前まできてふと気になった綾之丞は、物陰から振り返った。

阿久里はまだ同じ場所に突っ立っていたが、しばらくすると諦《あきら》めたのか番屋の方角に歩き始めた。

（ん、あれは？）

胡乱《うろん》な破落戸《ごろつき》が阿久里に近づき、番屋の三、四間《けん》手前で声をかけた。阿久里が脅《おび》えたように後ずさりした。

「やむをえん」

両国広小路へ足早に取って返した。

「おい、男、俺の妹になんの用だ」

阿久里の手をつかんでいた破落戸に向かって、得意の鋭い眼光で睨《にら》みつけた。

「あっしはなにもしてやせんぜ～。迷子かと心配して声をかけただけでやすよ」

芥子玉《けしだま》絞りの手拭《ぬぐ》いで頬《ほお》かぶりした破落戸は、へらへら笑いで応じた。

「どうした」

仲間らしき破落戸たちが数人、わらわらと集まってきた。

「お武家さん、なかなか美形じゃねえか。わかった。浅草寺《せんそう》の寺小姓だな。『寺小姓、間坊主などを、持ってゐる』って川柳を知ってるかえ。寺小姓にゃ、間男ならぬ間坊主だとよ。ふへへへ」

近寄ってきた一人が、綾之丞の股間に手を触れようとした。広袖に三尺帯をだらしなく締めた、紺の股引《ももひき》姿の薄汚い男である。

「さっさと消え失せろ」

低く呟くや、抜き打ちを放った。

破落戸の帯が両断されて広袖がだらりとはだけた。

「え、え、え、えーっ！」

「ひえええ。お助けをーっ！」

男は、広袖の裾《すそ》を翻《ひるがえ》しながら路地に逃げ込んで闇《やみ》に消えた。

ほかの破落戸たちも、尻に帆を掛けて一目散に逃げ去った。

「ひと暴れするにも足らぬ、つまらぬ奴らだったたな」

綾之丞はつるりとした顎《あご》を指先で撫《な》でた。

「綾之丞はん、やっぱし戻ってきてくれてんな。戻るやろて思てたわ」

駆け寄った阿久里の小さな肩は雨に濡れた子猫のようにわなわなと震《ふる》えていた。

「家まで送ってやる。総十郎の家は深川の……、確か磯次店《だな》とか申したな」

「おおきに〜」

夜目にも蒼白《そうはく》だった阿久里の頰《ほお》に、ぱっと赤みが差した。

「とんだ面倒を背負い込んでしまった。だから餓鬼は嫌いなのだ」

聞こえよがしに呟きながら、先に立って両国橋に向かった。阿久里の小さな足音がぱたぱたと追っかけてくる。

「このお人は親切なええ人やて、ひと目見たときから、よーう、わかっててん」

橋番所の横でようやく追いついてきた阿久里の息はひどく弾んでいた。

「ええ男はんと道行きやて、照れるがな〜」

阿久里は自ら手をつないできた。子猫に触れたような温かい感触が伝わった。

綾之丞と阿久里は、本所に向かって両国橋を渡り始めた。

「それにしても、あの熊男の娘とはな。似ても似つかぬが」

「うちなあ、死んだお母ちゃんに生き写しやそうやけど、お母ちゃんは、うちがややこ（赤子）のうちに死んだやさかいな。顔も知らんねん」

「母親がおらぬところは俺と同じだな。阿久里と違って俺には、いないほうがましな義母がおるがな」

つまらぬ話題を持ち出した気がして綾之丞は口をつぐんだ。

東広小路に出た。

静まり返った御船蔵《おふなぐら》を対岸に見て寂しい通りを黙々と歩けば、二人の足音だけが妙に大きく聞こえた。

「うちなあ……」

阿久里は急にしんみりとした口調で話し始めた。

「うちのせいで竹《たけ》坊がおらんようになったたて思たら辛《つろ》うてなあ」

「どういうことだ、藪《やぶ》から棒に」

「うち、長屋の子を集めて近くのお宮さんで遊んでたんやけど。お絹《きぬ》ちゃんの弟の竹坊がおらへんようになってん。お絹ちゃんがおんぶしてたんやけど、お堂の縁《えん》側に置いてちょっと目え離した隙《すき》に、おらんようになってしもてん」

阿久里は一気呵成《いっきかせい》に語ると、一つ大きく息を吐き出した。

「なんだって、そりゃあ確かなのか」

綾之丞は先日の子取りの一団を思い浮かべた。

「暗《く》ろなってくるさかい、ほかの子ぉは家に帰して、うちだけお宮さんに残って探してたんやけど……」

「なかなか感心ではないか。で、うろつくうちに自分が道に迷ってしまったわけか。ははは、その意気や良しだが、無茶はいかんな」

阿久里の子供らしい浅慮に苦笑した。すっかり知り合いのおじさんのような口調になっていた。

「あと少しだ」

万年橋《まんねんばし》を渡って深川に入った。

上之橋《かみのはし》、中之橋《なかのはし》、下之橋《しものはし》を順に越えると、いよいよ永代寺《えいたいじ》に近くなった。

途中、出くわした者に道を訪ねると、

『磯次店ってえと、磯次親分の取り仕切ってなさる長屋だね』

と、皆が皆、親切に教えてくれた。

おかげで、総十郎の住む深川蛤《はまぐり》町の裏長屋はすぐにわかった。

『磯次店といやあ、総十郎さんって浪人さんが住んでいなさる長屋だ』

と顔を綻《ほころ》ばせる者もおり、総十郎は一目置かれて親しまれているらしかった。

「あ、この先やで」

阿久里が急に駆け出し、綾之丞も早足で続いた。

「お父ちゃん！」

長屋木戸の前を総十郎の巨体が、檻《おり》の中の熊のように行ったり来たりしていた。

「お父ちゃん、帰ったで」

阿久里が総十郎の身体に飛びついた。

「あ、阿久里、ほんま心配したで」

総十郎は、阿久里のか細い体を折れんばかりにぎゅっと抱きしめた。

「お父ちゃん、竹坊は見つかったんかいな」

阿久里の問いかけに、総十郎は首を横に振った。

「やっぱりなあ」

阿久里が項垂《うなだ》れ、親子の間にどんよりとした空気が流れたが、

「そや、そや」

思い出したように阿久里は、

「お父ちゃん、この人がうちを送ってくれはってん」

通り向かいの暗がりに立つ綾之丞を指差した。

「どこのどなたや知りまへんけど、おおきに～」

礼を言いながら近づきかけて、総十郎の足先がぴたりと止まった。

「お、おんどれは……」

絶句した総十郎は、一つ息を吸い込んでから、おもむろに綾之丞の目の前まで歩を進めてきた。

「この前の阿呆《あほ》やないかい。こないだも酔うてて、わいを辻斬りと間違うてからに、えらい迷惑やったがな。あー、今日ももう酔うてるな。酒臭いで。若いうちからそないに呑んでからに、身体、壊してまうで。そもそもやで……」

総十郎は早口で文句の礫《つぶて》を雨あられと繰り出した。ふざけているのか真剣に怒っているのかさえわからなかった。

「あー、臭い。酒臭うてたまらんわ」

総十郎は大袈裟《げさ》に顔を背《そむ》けた。

「おい、その言い草はなんだ。大事な娘を無事に送り届けてやったのだ。礼を言わぬか」

綾之丞は気色《けしき》ばんだ。

己の非礼に気づいた総十郎は、はっとした様子で一瞬、口をつぐんだ。

「おおきに、えらいおおきに。大事な大事な阿久里がお世話になりましてからに」

殊勝《しゅしょう》な顔つきで丁寧《ていねい》に腰を折った。

「なあに、気にいたすな」

気を良くした綾之丞は大きく顎をしゃくった。

瞬間、総十郎の片方の眉《まゆ》がぴくりと動いた。

「なあ、綾之丞はん～、今度は綾之丞はんが謝る番やおまへんかいな～」

ずいっと距離を縮めるや、綾之丞の胸元をごつい指でつんつんと突《つつ》いた。

「なんだと。俺は悪くない。辻斬りに見えたてめえが悪いんだ」

総十郎の手を払って胸倉《むなぐら》をむんずとつかんだ。

背丈《たけ》に差があるため背伸びをせねばならない。

なにからなにまで気に入らぬ男だった。

「なあ、綾之丞はん～。今日のことと先日の無礼とで帳消しやのに、わいはもう謝ったんやで～。さっきのお辞儀したったた『貸し』を返してんか～」

ねちねちと妙な理屈をこねながら、総十郎はどんと押し返した。

予想以上の馬鹿力に綾之丞は、ふらつきそうになりながら、なんとか踏みこたえた。

「親父、いい加減にしやがれ」

「おお、おお、やる気かいな」

双方が熱くなり、殴り合いの喧嘩に発展しそうになったとき。

「なにしといやすの。ええ大人が喧嘩はあきまへんえ。お二方ともやめなはれ」

柔らかいものの凛《りん》とした京言葉に、綾之丞は我に返った。

目の前に一人の年増《としま》女が立っていた。首をかしげて艶然《えんぜん》と微笑《ほほえ》んでいる。

「うちは同じ長屋に住んでる蔦《つた》どす。よろしゅうに」

心持ちつり上がった眦《まなじり》が艶《あだ》っぽく、気の強さが面に出ていた。

顎といい唇といい、身体のすべてが柔らかな陰を宿していた。

気高《けだか》い菩薩《ぼさつ》のようでいてどこか冷ややかさを感じさせる謎めいた女だった。

唇の紅さが綾之丞の目を鋭く射貫《いぬ》いた。

真っ白い陶磁器のような肌の下には温かな血の流れが感じられた。

光が揺れるようなお蔦の身の動きに綾之丞は、突如、金縛《かなしば》りにあったように固まってしまった。

「お、お蔦殿と申されるのか。お恥ずかしいところをお見せいたした」

綾之丞は慌《あわ》てて言葉を改め、

「では拙者《せっしゃ》は、これにて失礼をばつかまつる」

あっさり矛《ほこ》を納めて踵《きびす》を返した。

「どないしはったんどすやろな」

ほほほと優雅に笑うお蔦の声が背後で響いた。

お蔦の視線を意識した綾之丞は、まるで天から紐《ひも》で吊《つ》り上げられたように、背筋を思いきり伸ばしながら長屋木戸をくぐった。

表通りに足を踏み出した綾之丞はお蔦らから見えぬ位置まで来て立ち止まった。

おもむろに振り向いて木戸の上部に掲《かか》げられた看板に目をやった。

看板には長屋の住人の名前と職業が記されて表札代わりになっていた。

「常盤津《ときわづ》指南お蔦」が、まず目に入った。「加持祈禱《かじきとう》まち」「大工幸吉《こうきち》」のほか「大峯山《おおみね》の小先達《こせんだつ》」だの「本道外科《ほんどうげか》」などという胡散《うさん》臭い生業《なりわい》の木札もあった。

「ふうむ」

綾之丞は懐手しながら顎に手を当てた。

歯抜けになった部分があり、十数戸のうち空き家が二、三あった。

「よし、俺は決めたぞ」

綾之丞はほくそ笑んだ。

明くる朝早くに綾之丞は、長屋の表通りに建つ磯次の居宅を訪ねた。

大家である磯次は、間口二間ほどの表店で小体《こてい》な八百屋を営んでおり、一階表半分の土間にさまざまな野菜を並べて奥には漬け物の樽をいくつも置いていた。

店土間の奥に居間があって、磯次は娘らしき若い女とのんびり茶を飲んでいた。

腰を曲げて丸まった磯次の姿はかなりの老人に見えた。

「邪魔をするぞ」

綾之丞は店先で声をかけた。

「はい、いらっしゃい」

娘がすっと立ち上がって店先に出てきた。てきぱきした動きが好もしい。

「お武家さま、なににいたしますか」

にこやかだが、若い武家が八百屋でなにを買うのかと訝《いぶか》るような顔つきだった。

「磯次に用があるのだが」

「え、うちの人に御用ですか。ちょっと、あんたー。お客さんだよ」

女は奥に向かって声を張り上げた。

「なんだ。女房だったのか。女房なら女房らしく歯を染めて眉を剃《そ》れ。紛《まぎ》らわしい」

綾之丞は毒づいたが、磯次の女房は、

「この人はさ。二十年も前に死んだ女房に義理立てしてんだ。いまだに『女房はもう持たねえ』って意地を張ってんだよ。だからさ、あたしゃこの人に合わせてやってるのさ」

ここまで言って声を落とすと、

「実を言うとさ」

と綾之丞の耳元で囁《ささや》いた。

「眉を落としてないから、あんたみたいな良い男を見つけた日にゃあ、とっとと、この爺《じい》さんに三行半《みくだりはん》を書かせて、今日、明日にでも嫁入りできるってえ寸法さ。便利なもんだろ。あはははは」

のろけながら豪快な笑い声を上げた。

「おいおい、お武家さまをからかうもんじゃねえやな」

磯次は、思いきり目尻を下げながら女房をたしなめた。

「で……」

綾之丞に視線を移した磯次は、女房に向けた飛びきりの笑顔をひょいと引っ込めて好々爺《こうこうや》とした顔つきから、目明かし独特の、相手を見透かすような目つきになった。

「この前の綾之丞さんかね。わしにいったいなんの用だえ」

磯次はぎろりと睨んだ。

「用は、ほかでもないのだ」

店の中にずいと足を踏み入れると樽の中の沢庵《たくあん》の美味《うま》そうな匂いが鼻を突いた。

「磯次店に住もうてやろうと申すのだ。ありがたく思え」

上がり框《がまち》に突っ立って磯次を見下ろしながら来意を伝えた。

「え？」

磯次は意味がわからず、鳩《はと》が豆鉄砲を食らったような顔をした。

「空き家があるだろうが。俺に貸せと言っておるのだ」

「ええっ、旗本一色家のお坊ちゃまが、あんなおんぼろ長屋にお住まいになるんですかえ」

磯次は頓狂《とんきよう》な声を上げた。

「俺の素性《すじよう》を知ってるたあ、さすが目明かしだけあるな」

「綾之丞さんは本所深川界隈《かいわい》で有名じゃねえすか。強面《こわもて》の連中も一目置いてまさあ。今やあの勝さまをしのぐ勢いだそうで……。へっへ」

意味ありげに笑いながら、磯次は煙管《きせる》に煙草《たばこ》を詰め始めた。

勝さまとは大違いだと心の中で皮肉っているに違いなかった。

「うう、おのれ……」

即座に怒鳴《どな》りつけたいところだったが、目的のためには我慢のしどころだった。

「どうせ、ろくでもない噂《うわさ》だろうが、俺は理由もなく喧嘩を吹っかけるような、ただの暴れん坊じゃない。心配するな。長屋の連中とも仲良くしてやらあ」

「ともかく、酔狂《すいきよう》は大概《たいがい》にしておくんなせえ。とんでもねえよ」

顔を上げた磯次は口をへの字に曲げた。

「空き家を遊ばしておれば、大家として家主に顔が悪いだろう。な、磯次、俺に貸せ。店賃は倍、いや十倍払ってやる。内密に礼金を弾《はず》んでやってもよいぞ。俺さまをどなただと心得る」

綾之丞は胸を張り、懐の財布に手をやってしゃらしゃらと音をさせた。

店奥の薄汚い居間に、小銭の音ではなく小判の重厚な音が響いた。磯次はごくりと唾《つば》を飲み込み、横目でじろりと睨んだ。目の奥が揺れている。

（誰しも金には弱い。ましてや目明かしは、言いがかりをつけて袖《そで》の下を絞り取る商いだ）

綾之丞は容易に落とせると勝ち誇った。

だが、予想に反して磯次は手強かった。

「あっしに袖の下は利きやせんぜ。この通り隠居同然で気楽な身でござんすからね。好きで岡っ引き稼業《かぎょう》を続けてますが、金が欲しいわけじゃありやせん」

しわしわの口をへの字に引き結んで、ぴしゃりと心の戸を閉めてしまった。

このままでは引き下がれない。

「すまぬ。拙者が心得違いをしておった。先ほどの話は忘れてくれ」

戦法を変えることにして、上がり框に静かに腰を下ろした。

「世間の者は拙者を誤解しておるのだ。もとはと申せば……」

義母からは使用人同然に扱われ、兄・一之丞と差別されているが、父・銀之丞は、剣に天分がある綾之丞に期待を寄せている。

綾之丞は剣で身を立てて世のため人のために尽くそうと修行に励んでいる。巷《ちまた》で喧嘩に明け暮れるのも、実戦の場に身を置いて真の実力を磨くためだ——と語った。

「案外、ご苦労なすってるんですね」

情にもろいらしい磯次は、たちまち目をしばたたかせた。

（ちょろいもんだ）

行儀良くそろえた膝の上に手を置いて殊勝《しゅしょう》な面持《おもも》ちを作った。

幼い頃から、不在がちで滅多に顔を合わさぬ父の前で披露《ひろう》して、まんまと騙《だま》くらかしている得意の表情だった。

「磯次を見込んで家の恥を打ち明けるのだが……」

もったいぶると、磯次はふむふむと頷《うなず》きながら身を乗り出した。

「拙者の兄・一之丞は剣の腕がからきしなのだ。かといって学問もできぬ。取り柄のない兄が父に疎《うと》まれては、廃嫡などという事態にもなりかねぬ。拙者はわざと悪《わる》の真似事をして父に嫌われるよう苦心しておるのだ」

いい加減な嘘を交えて訴えながら磯次の顔色をうかがった。

「そうでやんしたか。兄上を思われるゆえの放蕩《ほうとう》だったんですな。そこまで兄上を思うお心がけとは露《つゆ》知らず。いやー、感心、感心」

術中《じゅっちゅう》に陥《おちい》った磯次は手放しで賞賛した。

満足して頷く綾之丞を前に、磯次は一つ咳《せき》払いをし、

「ところで綾之丞さんのお望みにお応えするにあたってはですな……」

急に目尻を下げた。

「先ほどおっしゃった礼金の上乗せの一件でやんすがね」

揉み手でもせんばかりの表情で上目遣《づか》いに見た。

四

明くる日の昼過ぎに綾之丞は、さっそく磯次店《だな》に引っ越してきた。

当座の着替えなど身の回りの物だけ柳行李《やなぎごうり》に詰めて小者に運び込ませた。

すがすがしい香りのする新しい畳は、屋敷に出入りする畳屋に命じて入れさせた特上品だった。

綾之丞はなにをするでもなく酒をちびちびやりながら夕刻までごろごろしていた。

風の流れが変わって、つんと鼻を刺す厠《かわや》の臭気が部屋の中にまで流れ込んできたが、まったく気にならなかった。

(下々の暮らしもおつなものだ)

むさ苦しいにも程がある住まいだったが、新鮮な驚きに満ちていた。

本所五間堀にある一色家の居屋敷とはまるで別世界だった。

千三百七坪もの敷地を擁《よう》する居屋敷は部屋数も膨大《ぼうだい》だった。だだっ広いばかりで、なにもかもが堅苦しくて身の置きどころがなかった。

裏長屋は、義母の監視の目がないため大いに気が休まった。

「たけや～、といだけ～」

町家の雨樋《あまどい》用の竹を売る樋竹《といだけ》売りが、のんびりとした声音《こわね》で呼ばわりながら、表の道をゆっくりと遠ざかっていった。

「『長く呼ぶ樋竹売の通る声』か」

と我ながら上手い川柳をひねり出してにやりとしていたとき。

「綾之丞さん、いますかね。長屋の連中に紹介してえんですが」

夕日が当たる腰高障子《こしだかしょうじ》に小柄な影が映った。

「入《へえ》りやすよ、御免なすって」

返事も待たずに腰高障子をがらりと開けて磯次が顔をのぞかせた。

磯次のぶしつけさに舌打ちしながら、

「なにゆえ俺さまが挨拶《あいさつ》に回らなければならぬのだ。俺さまをどなたと心得る」

眉間《みけん》に縦皺《たてじわ》を寄せた綾之丞は、拒絶の言葉を言い放った。

お蔦にはこちらから挨拶に行きたいくらいだったが、憎らしい総十郎はもちろん、下賤《げせん》な輩《やから》にこれっぽっちも頭を下げたくなかった。

「長屋暮らしじゃ皆が家族みてえなもんですぜ。ここに住む以上、仲良くしたほうがなにかとおためになると思いやしたが、とんだお節介《せっかい》でやしたかね」

磯次は、老人特有のゆったりした動きで上がり框《がまち》に腰を下ろすと、目尻に無数の皺を浮かべながら苦笑した。

「わかった、わかった。じゃあ、この金で長屋の連中に引っ越し蕎麦《そば》でも配ってやってくれ。釣りは要らぬ。磯次の手間賃に取っておけ」

懐の財布から一両取り出して磯次のほうに放り投げた。

「おい、おい、綾之丞さん。あっしはそんなつもりじゃあ……」

磯次が口元を尖《とが》らせて言いかけたとき、

「あんた、やめて！」

どこからかけたたましい悲鳴が聞こえた。

「ありゃあ、幸吉のところのお力《りき》さんだな」

磯次は、若者顔負けの敏捷《びんしょう》な動きで立ち上がるや路地へ飛び出した。好奇心に駆られた綾之丞も雪駄《せった》を突っかけて外に出た。

路地奥の家でなにやら派手な騒ぎが起こっていた。

いつの間にやら後ろ横に総十郎が立っていた。

「越してきたばっかしの綾之丞は知らんやろけど、ややこ（赤子）がおらへんようになった幸吉の家や。幸吉は日傭取《ひようと》りの大工やが、ややこがおらんようになってからは、仕事もせんと酒ばっかし呑んでるんや」

なれなれしい口調で耳打ちした。

幸吉の家の腰高障子は開け放たれていて家の中の光景は嫌でも目に入った。

「絹、てめえが焼き餅を焼いて、わざと竹坊を捨てやがったのじゃねえかよ」

幸吉が、娘のお絹を平手で叩こうとして女房のお力が必死に止めていた。

「おい、待て、待て。乱暴はいかん」

威厳を感じさせる磯次の声に幸吉は、お絹の胸元をつかんでいた手を放した。

恐怖で固まっていたお絹は、わっと大声で泣き出したと思うと、意味不明の悲鳴を上げながら、駄々をこねるように畳の上をじたばたと転げまわった。

騒ぎを聞きつけた長屋の連中がこぞって集まり始めた。ふと見れば、心配げに眉根《まゆね》を寄せるお蔦の姿もあった。

綾之丞の目には、お蔦の姿だけ白く輝いて見えた。

「あー、五月蠅《うるさ》いったらありゃしない。そんなにぎゃあぎゃあ泣くもんじゃないよ。絹も悪いんだよ」

お絹をかばっていたはずのお力が、今度は、激しく泣きわめくお絹に向かって怒りをぶつけ始めた。

「絹は末っ子で育ったもんだから、いまだにわけのわかんない赤ん坊みたいなんだよ。ほんとに竹坊を捨てちまったんじゃないだろうね」

お力の言葉に、お絹は一層、気が触れたような叫び声を上げた。

「おい、お力さんまでなにを言い出すんだ」

大家としての務めを果たすつもりなのだろう。磯次は、草履《ぞうり》や下駄が散乱する狭い土間に足を踏み入れて腰高障子を後ろ手でぴしゃりと閉めた。

「お絹ちゃんは五人姉妹の末っ娘やったさかい、家中の者に可愛がられてたんやが、初めて男のややこが生まれて、皆がややこばっかし可愛がるようになったんや。そやさかい、お絹ちゃんは竹坊に焼き餅を焼いてたんやないかて、皆が思てるっちゅうわけや」

またしても総十郎が横合いからお節介な解説をした。くどい大坂弁が過《あやま》って指についた鳥もちの粘っこさを想起させた。

「五月蠅い。長屋の誰がどうしようが興味などあるものか」

綾之丞は総十郎をきっと睨《にら》んだ。

さすが大家だけあって磯次の説教が効いたらしかった。幸吉の家の中がぴたりと静かになって磯次だけが外に出てきた。

「飛鳥先生、例の一件でちっとばかしお話がござんしてね」

総十郎を手招きすると、どぶ板をかたかた鳴らせながら長屋木戸を出た。

例の一件とは子取り一味の話に違いなかった。お蔦も跡を追う様子を見て綾之丞も続いた。

磯次の店の店先では、女房が、客との応対で忙《せわ》しなく動きまわっていた。

「親分、お帰りなせえまし」

上がり框に座っていた金太が腰を浮かして神妙に頭を下げた。

「ささ、飛鳥先生にお蔦さん、入ってくんねえ」

磯次は、先頭に立って店に足を踏み入れた。青物が並べられた土間を通り抜けるときに、磯次は女房の尻をするりと撫《な》でた。

「この色爺《いろじじ》ぃ」

女房が磯次の背中を拳《こぶし》で殴った。

「年寄りに乱暴はいけねえ。背骨が折れちまった。いたたたた」

大袈裟《げさ》に痛がりながら、磯次は居間に上がった。

総十郎、お蔦に続いて綾之丞もなに食わぬ顔で雪駄《せった》を脱いで上がり框を上がった。

「ところで、ほかでもねえんですが……」

神棚を背にどっかと腰を下ろした磯次は、やにさがった顔つきから一転して目明かしの顔に戻った。

「おいおい綾之丞、なんで来たんや。おんどれは呼ばれてへんやないけ」

隣に座った総十郎は、にやにや笑いながら綾之丞の脇腹を肘《ひじ》でつんつん突《つつ》いた。

「ま、綾之丞さんも無関係というわけではねえんですから、聞いておくんなせえ」

磯次は、火鉢《ばち》越しに身を乗り出して大仰《おおぎょう》に声をひそめた。

「この噂《うわさ》は、幸吉夫婦の耳に入れねえようにお願いしやす。実は最近……」

皆の顔を順々に見つめながら、

「大身の武家や裕福な商家の間で『救済丸《きゅうさいがん》』なる、どのような難病にも効く、えらく高価な秘薬が出まわっているんでやすがね」

ごくりと唾《つば》を飲み込んだ。

子分の金太も眉間に縦皺を作って子細ありげに頷いた。

「秘薬は子供の生き肝《ぎも》から採られたものに相違ない」

綾之丞は真っ先に断じた。

磯次が、我が意を得たりとばかりに大きく頷いた。

「綾之丞さんのおっしゃる通りで、手間のかかる赤子や幼児を多数、拐《かどわ》かす一味の目的はなにかと考えりゃ、怪《あや》しい薬の流行と関連づけられるってえのが、あっしらの見立てなわけでして」

と声を詰まらせた。

大家は店子の親同然と言われている。店子の子供である竹坊は、大家の磯次にとって孫と同じだった。

「そら、幸吉はんやお力はんには聞かせられへん話どすなあ」

お蔦が痛ましそうに顔を伏せた。金太もまくり上げた腕を撫でながら項垂《うなだ》れた。

「一刻の猶予《ゆうよ》もあらへん。磯次親分、わいもできるだけのことをするさかい、なんでも指図《さしず》してんか」

総十郎が畳に拳を突いて身を乗り出した。

「飛鳥先生の出番が来《く》りゃ嫌でもお願いしやすが、今のところこれといって目星が付かねえもんで情けなくってよ」

鼻をすり悔《くや》しげに目をしょぼつかせる磯次の顔は、深い皺ばかりが目立って、今にも死にそうな年寄りに見えた。


数日が経っても磯次の探索はいっこうに進まなかった。

その朝も綾之丞は、目覚めてすぐ近くの空き地で素振りと型稽古に汗を流した。長屋に戻って、身体を拭《ぬぐ》うために井戸端で水を汲《く》んでいると、

「酒呑みのわりに、朝はえらい早いやないけ」

総十郎が、長屋路地の真ん中を通るどぶ板をどすどすと踏み鳴らしながらやってきた。

「綾之丞はん、おはようさん」

総十郎の後ろから、阿久里のにこにこ笑う白い顔がひょいと現れた。

「なあ綾之丞、ややこが見つかるよう雑司ヶ谷《ぞうしがや》の鬼子母神《きしもじん》まで祈願に行かへんか。わいらは、今から支度《したく》していいこと思てるんやが」

総十郎は井戸水を持参した水桶《おけ》に注《そそ》いだ。

「なぜ、俺が行かねばならぬのだ」

綾之丞はすげなく即答した。

「綾之丞にも関係あるやろがな。あの日、わいの邪魔をせんかったら、こないなことにはなってへんで」

「済んだ話を蒸し返すな。俺は行かぬぞ。そもそも俺は神仏の力なんぞ信じておらぬ」

井戸水で濡らした手拭いをぎゅっと絞って、首筋から入念に拭《ふ》き始めた。

「ま、そこまで言うのやったら、もうええわ」

総十郎は水桶を手にしてさっさと戻っていった。

阿久里だけがまだ井戸端に残っていて、綾之丞の体を観賞するかのように周りをくるくる回った。

綾之丞が通う直心影流・男谷派道場は、八角棒を思わせる異様に重い振り棒で鍛える。

振り棒は、普通の男なら中段に持ち上げるだけで精一杯の代物だった。毎日、千本もの素振りをするには、腕力だけでなく呼吸と腰が大事である。

綾之丞は着痩《や》せして細身に見えるものの、日頃の鍛錬《たんれん》のおかげで、裸になれば引き締まった身体にしっかりと筋肉をまとっていた。

腰を落として手拭いをゆすいでいると、いきなり阿久里の白い顔が目の前に現れた。

「綾之丞はん、ほんまに行かへんのか～。美味《おい》しいおにぎり、食べとないんか～」

「なんだと。握り飯など珍しくもない」

やはり餓鬼《がき》は苦手である。くだらぬ話題を、さも重大事のように五月蠅く話しかけてくる。

綾之丞は蠅《はえ》を追い払うように顔の前で手をひらひらと振った。

「お蔦はんの作ったお握りは普通のお握りと違《ちゃ》うねんで～。塩加減も握り加減も絶品やで～」

「なんだと」

お蔦が作った握り飯と聞いて心はぐぐっと動いた。

「うちとお父ちゃんと、ほんでからお蔦はんも行くつもりやねんけどな～。お蔦はんがお弁当のお握りをぎょうさん作りすぎてしもてん。そやから綾之丞はんも一緒に行こや」

お蔦も行くと聞いたからといって、今さら「拙者《せっしゃ》も参る」と総十郎に言えるはずがなかった。

「はん、せいぜい頑張って願かけしてくることだ」

手拭いを、破れよとばかりに力一杯、ごしごしと揉《も》んだ。

「ん？」

俯《うつむ》いた視界に白いものが入った。

日和《ひより》下駄を履《は》いた女の素足だった。

見上げるとお蔦が立っていた。お蔦の微笑みがやけに眩《まぶ》しいのは、朝日のせいだけではないだろう。

「おはようさん。ええ天気どすなあ」

お蔦の挨拶に、綾之丞は目も合わさぬまま顎《あご》でしゃくると、まだ真横に立っていた阿久里に顔を向けてこほんと一つ咳《せき》払いをした。

「なあ阿久里、阿久里がそこまで頼むのなら拙者も無下《むげ》に断れぬな」

阿久里にできる限り優しい笑みを投げかけながら、

「拙者は断じて竹坊の一件に責めを感じておるわけではない。だが、事件を解決したい思いは大いにある。手がかりがない今は神仏に祈ることも良いかもしれぬ。では支度をして参るゆえ、また後刻に……」

くどくど弁解しながら家に取って返した。

そろそろ長屋の家々がやかましくなる時分だった。

出職の亭主を送り出す声、子供に朝飯を食わせる女房の声、洗濯物を桶に入れて井戸端にやってくる女たちの声に、寺子屋に出かける子供たちの声が重なる。

「お父ちゃん、綾之丞はんもやっぱり一緒に行くんやて〜」

妙にはしゃぐ阿久里の甲高《かんだか》い声が路地に響いた。


雑司ヶ谷は市中からかなりの距離がある草深い田舎だったが、鬼子母神は子供の守護神としてつとに名高かった。

鬼子母神堂の周辺には青々した田が広がっていて、清い小川の流れが日の光を眩しく反射していた。

門前の店先では、藁《わら》づとに刺された玩具《おもちゃ》の風車が風を受けてからからと回り、境内は「八の日のお縁日」で賑わって婦女子の参拝客が多く見られた。

参道脇の稲荷に寄り添って立つ銀杏《いちょう》は、樹齢五百年と言われる巨木で、「子授《さず》け銀杏」と呼ばれて親しまれている。

「ついでやし護国《ごこく》寺はんにも参ろか」

参拝を終えた一行が、総十郎の提案で北に足を伸ばしそうとしたとき。

「あ、あれ、なんやろか、綾之丞はん」

隣を歩く阿久里が、長く続く田道の彼方を指差した。

「なんや揉めてるようやな」

お蔦と並んで先を歩いていた総十郎が、悠長《ゆうちょう》な口調で言いながら振り返った。

「なんどすやろか」

お蔦が、ほんの少し眉根を寄せた。

武士の主従が、町人相手に弱い者いじめをしていると見受けられた。

「よし、拙者が様子を見て参る」

足を速めて田道を急いだ。

「あれは……」

ずんずん近づいた綾之丞は、榊兵馬主従《しゅじゅう》だと気づいた。

「どうかお許しください。この通りでございます」

商家の内儀と供の老人が、畦《あぜ》道に土下座をして謝っていた。

「いやいや。謝ったって済むもんけえ。旦那さまに恥をかかせた罪は重いぞ」

大声を張り上げて小者が息巻いている。

腕組みをして突っ立っている兵馬の後方には、脇差のみ差して尻切袢纏《しりきりばんてん》を尻《しり》っ端折《ぱしょり》にした中間《ちゅうげん》が控えていた。

「兵馬、久しぶりだな。そこでなにをしておる」

綾之丞の問いかけに兵馬は、

「おお、綾之丞か。ここで出会うとは奇遇だな」

と引き攣《つ》った笑顔を見せた。

「もうよい。行け。向後は、よく気をつけい」

兵馬は、顎でしゃくって商家の内儀主従を立ち去らせた。

「いったいどうしたのだ」

「拙者の佩刀《はいとう》に女の杖《つえ》が触れたのだ。拙者はかまわぬと申したのだが、供の者が、このままでは示しがつかぬと申してな。説教しておったところじゃった。主思《しゅうおも》いはありがたいのだが、相手は老人と女ゆえ、もう堪忍《かんにん》してやれと申すに『兵馬さまは黙っていてくだせえ』と申して聞き入れぬもので難儀しておったところだ。いやはや汗顔《かんがん》の至りじゃ」

くどくどと弁解しながら、兵馬は情けなそうに目をしばたたかせた。

「では急ぐゆえ、今日はこれにて……」

ばつが悪かったのか、兵馬はあたふたと立ち去った。

「な、綾之丞、あの武家を知ってるんか」

総十郎が、いつになく真剣な顔つきで歩み寄ってきた。

「あの武家はな……」

と眉根を深々と寄せた。

「拐かしの一味の頭目に間違いあらへん。あの夜、聞いた声と同じ声をしとった」

総十郎の思いがけぬ言葉に、綾之丞は喫驚《きっきょう》した。

「馬鹿を申すな。俺は他人より耳が良いのだ。あの晩、この耳ではっきり声を聞いた。兵馬の声を聞き間違うはずがない。兵馬は一番、気の置けぬ友なのだぞ」

兵馬の声は耳障《ざわ》りなほど甲高い。

頭目は似ても似つかぬ低い声だった。

「そやけど、頭目は、綾之丞にひと言しか口を利いてへんがな。気づかれんように声色《こわいろ》を変えとったに違いあらへん。あの晩、綾之丞はえらい酔うてたんやし、気づかんかっただけやがな」

言いつのる総十郎の言葉を聞いて頭にかっと血が上った。

「断じて違う。確かに兵馬は品行方正とは言えぬ。だが卑劣《ひれつ》な悪人ではない。先ほどのやり取りでもわかるであろう。大それた悪事をしでかす度胸などない小心者だ。この俺が一番よく知っておる」

信頼する友を貶《おとし》める行為は、綾之丞への大いなる侮辱《ぶじょく》でもある。興奮のあまり声が裏返った。

「許せぬ。真の友・兵馬を疑うことは俺を疑うも同然！」

綾之丞は地団駄《じだんだ》を踏んでいきり立った。

「あほ、わいは、おんどれに事実を話してるだけやんけ」

確信に満ちた総十郎の眼差《まなざ》しが、綾之丞をさらに苛立《いらだ》たせた。

「この糞《くそ》親父！」

「あほんだら！」

綾之丞と総十郎は胸倉《むなぐら》をつかみ合った。お互いを、殴るか蹴るか投げ飛ばすかという一触即発の事態に陥《おちい》った。

「俺を小兵《こひょう》だと思って舐《な》めるでない。玉心《ぎょくしん》流骨法《こっぽう》の技の冴《さ》えを見せてやる」

綾之丞は、勝小吉のもとに出入りしていた浪人から、佐々木五郎右衛門《ささきごろえもん》の創始した玉心流骨法を習った。

頭突き、打撃、蹴りなど、素手《すで》での喧嘩《けんか》にも自信があった。

「なんやて～。笑かすやないけ～。玉心流やて、そないな流派て聞いたこともあらへんわ～」

総十郎は大振りな歯を剝《む》き出してせせら笑った。

「こやつ、愚弄《ぐろう》しおって許せん」

力一杯、蹴りを入れようとしたとき。

「まあ、まあ、ええ大人が二人して、どないえ？」

お蔦が、いつものはんなりとした口調で二人をなだめた。

「い、いかにも」

「それも、そやな」

二人はどちらともなくつかんだ腕を放した。

「な、お父ちゃん、磯次親分はんに、兵馬っちゅうお武家はんのことを、あんじよう探ってもろたらどないやろか」

阿久里が、ちんまりとした鼻を蠢《うごめ》かせながら提案した。

「おー、阿久里、ええこと言うやないけ。本職の磯次親分に、わいが正しいっちゅう証《あかし》を立ててもろたら済むこっちゃ」

総十郎は阿久里の小さな頭を撫でた。

「さっそく長屋に戻って磯次親分はんに頼みまひょ」

とお蔦まで総十郎の肩を持った。

「なんだ」

心外で腕がぶるぶると震《ふる》えた。

「どいつもこいつも、つるみおって。この俺さまが、親友の声を聞き違えるほど迂《う》闊《かつ》な阿《あ》呆《ほう》だと申すのか」

精一杯、声を張り上げたが三人には馬《ば》耳《じ》東《とう》風《ふう》だった。

「勝手に調べさせればよい。無駄足に決まっておる」

綾之丞は一人だけその場を立ち去った。

五

昨晩はいつにも増して深酒をしてしまった。

珍しく朝寝坊した綾之丞は、流しに手桶《おけ》を置いて汲《く》みたての水で顔を洗った。

酒が残っていて身体がだるく、日課である素振りと型稽古をやる気も起こらなかった。

手鏡に映った、年齢より若く見える顔と睨《にら》めっこしながら、頬《ほお》から顎《あご》にかけて長い指で撫《な》でまわした。

髭《ひげ》は薄い質《たち》で、さして気にせずともよいのだが、毎朝、鏡に向かって入念に調べ、毛穴から見えかけた髭の「芽《め》」を「親の仇《かたき》」とばかりに毛抜きで抜いていた。眉《まゆ》の毛も乱れなく整うよう間違って生えてきた「敵」を殲滅《せんめつ》する。

今朝は少しばかり顔色がさえなかったが、鏡の中の綾之丞は相変わらず良い男ぶりだった。もう少し年がいって苦みが増せば完璧だろう。

「いつものように行かぬのはなぜなのだ」

鏡の中の己《おのれ》に問いかけた。

お蔦を初めて見た日、京女ぶりに惹《ひ》かれた。

京は憧《あこが》れの地だったが、今日まで無縁なまま過ごしてきた。生まれて初めて京言葉を遣《つか》う美女と遭遇して面影が頭から離れなくなった。

（生粋《きっすい》の京女の「味見」をすれば終わりのはずだったのだが）

手桶の水を流しに流した。ちょろちょろという貧乏臭い音とともに水は路地の真ん中を通る溝へと流れ込んだ。

ひどい寝汗をかいた。お蔦とすれ違ったときに体臭を気取られるなどもってのほかだった。

湯屋へ向かう用意をしようとしていたとき、表の腰高障子《こしだかしょうじ》ががらりと開いた。

「なにやつだ。黙って開けるでない」

鋭く誰何《すいか》の声を上げながら路地を睨《にら》んだ。

「え？」

一瞬、視線を宙に彷徨《さまよ》わせたあと、逆光の中に立つ小さな影に気づいた。

「綾之丞はんに、ちょっとな……」

阿久里は三和土《たたき》に小さな足を踏み入れた。いつになく緊張した顔つきだった。

（なにか頼み事だな）と察した綾之丞は、

「面倒は御免だぞ」

と最初に釘《くぎ》をがんと刺してやった。

「あ、あのな……」

阿久里は柄《がら》にもなく口ごもっておどおどしている。

「部屋に上がらぬか。聞くだけ聞いてやろう」

手招きして、隅々まで掃除の行き届いた部屋に上がらせた。

綾之丞は、癇性《かんしよう》病みなほどきれい好きなので、身の回りの物はすべて整頓され、新しい畳の上に埃《ほこり》一つ落ちていなかった。

「あのな……、うちの聞き違いかもしれへんねんけど……」

目の前で膝をそろえて座った阿久里は、妙にしおらしく見えた。

「綾之丞はん、頼むわ。一緒に探してくれへんやろか」

と思い詰めた瞳で見つめた。

「さっぱりわからぬ。もう少し、わかるように順を追って話さぬか。とはいえ、俺が阿久里の頼みを引き受けるかどうかわからぬがな」

もう一度、念押しをした。

「こないだ、うちが迷子になったんとつながるのやけど……」

阿久里は当時の状況から詳しく話し始めた。

竹坊の行方を捜して、阿久里は周辺の誰彼となく聞いてまわった。境内へ通じる脇道からお良《よし》がぶらぶらとやってきた。お良は神社の脇の表店で息子夫婦と暮らしている老婆《ろうば》だった。

阿久里がお良に尋《たず》ねたところ、

「竹坊なら、お大尽《だいじん》みたいな人が連れていったよ。お付きの人は『京屋《きよう》』って名の入った印半纏《ばんてん》を着てたっけ」

と教えてくれた。

阿久里は当てもなく京屋なる大店《だな》を探して日本橋《にほんばし》まで足を伸ばし、道に迷ったところを綾之丞に助けられたという。

「お良なる婆さんの話を、今まで誰にも言わなかったのか。肝心《かんじん》の話を今ごろ言い出すとは、やはり餓鬼《がき》は餓鬼だな」

綾之丞は鼻先で笑った。

「うちかて、すぐ、お父ちゃんに言うたがな」

阿久里の頬が焼いた餅のようにぷうっと膨《ふく》らんだ。

「お父ちゃんに言うたら、翌朝早うにお良婆《ばあ》ちゃんを訪ねて聞いてくれてんけどな」

阿久里は勢い込んで、話の続きをし始めた。

「お良婆ちゃんは、昨日は一日中、両国まで出かけてて見世物やら寄席《よせ》やらをのぞいてまわってたて答えたそうや。足の悪いお良婆ちゃんが両国まで歩いていけるはずあらへんのに。『いつもこの調子で困ってますよ。おっかさんの話なんぞ真に受けないでくださいまし』て息子はんに言われたそうや」

総十郎は、『お良はんは惚《ぼ》けがどんどんひどうなっとる。京屋がどうのこうのっちゅう話かて出任せに違いあらへん。京屋いうたかて同じ屋号の店が、このお江戸には大小、ぎようさんあるんやで』と阿久里に言い聞かせたのだという。

「確か違《ちゃ》う話やし、この話は心にしもててん。けどやっぱし、どないしても確かめてみたいんや。竹坊を助けたいねん」

にじり寄った阿久里は綾之丞の袖《そで》にすがった。

「やはり厄介《やっかい》な話ではないか。手がかりが京屋という名前のみとは雲をつかむような話だ。総十郎の言う通り諦《あきら》めることだな」

「けどな……」

見上げる子狸のような丸い瞳が涙で潤《うる》んでいる。

（お蔦は阿久里をひどく可愛がっておるからな。阿久里に嫌われてはまずい）

綾之丞は頭の中で算盤《そろばん》を弾いた。

「京屋、京屋……とな」

誠意だけでも見せねばと腕組みをして考えるふりをした。

「京屋と言えば……」

考える真似だけのはずだったが、記憶の底に下ろした網が突如なにかを捕らえた。

「そうだ。一軒だけ知っておる」

膝をぽんと打った。

「ほんまかいな」

阿久里は、ばね仕掛けの絡繰《からく》り人形のように、ぴょいんと立ち上がった。

「白粉紅屋《おしろいべにや》で京屋なる大店なら日本橋にあるぞ」

霧里花魁を口説き落とすため、わざわざ京屋まで出かけて流行の色の紅を買い求めたためしがあった。

(阿久里に協力して点数を稼《かせ》ぎ、お蔦の心を外堀から埋める策もありそうだ)

いかにも名案に思えた。

「阿久里の殊勝《しゆしよう》な心がけに応えるとするか」

ぴしりと畳んで納めてあった袴《はかま》を乱れ籠《かご》から取り出して手早くはき、愛刀・関の孫六兼元を腰に差した。

「では参るぞ」

綾之丞は、阿久里とともに日本橋にある京屋に向かった。


「相変わらず繁盛《はんじよう》しておるな」

店先が見渡せる路地の板壁に寄りかかりながら、京屋に出入りする客を眺めた。

二日酔いで頭が痛い。

「松金油」という大看板が目立つ店先で、幾人もの女たちが楽しげに品選びしていた。

母親の横で、男の子が二人、店に飾られた等身大の美人画を指差して笑いながら突《つつ》き合っている。

大柄だが貧相な顔つきをした小僧が、つまらなそうな顔で白く乾ききった通りに水を撒《ま》いていた。

「今日も精が出るじゃねえか」

天秤《てんびん》棒を担いだ四十過ぎの男が小僧に声をかけると、小僧の顔に嬉しげな笑みがぱっと咲いた。

向こう鉢《はち》巻きをきりりと締めて絞りの浴衣を片肌脱ぎにした男は出入りの魚屋なのだろう。京屋の勝手口からついっと奥へ入っていった。

「綾之丞はん、どないしよ」

阿久里は、綾之丞を見上げながら小首をかしげた。

「めざす京屋が、この京屋かどうかわからぬうえ、仮にこの店だとしても赤子の話をいきなり聞きただせまい。そもそもお良なる婆ぁの話が不確かなのだからな」

取り付く島もなく、綾之丞と阿久里は顔を見合わせた。

活気に満ちた表通りは行き交う人々でにぎわっていた。買い物客たちは、ひそひそ話す二人に目もくれず、目当ての店をめざして歩み去っていく。

思案していると、先ほどの魚屋が京屋の裏口からひょいと姿を現した。担《かつ》いでいる桶は軽そうだった。

「いつも出入りしたはる魚屋はんやったら、お店の中のことにかて詳しいはずや。手がかりがつかめるかもしれんさかいに、うち、聞きに行ってくるわ」

阿久里は一つ大きく息を吸い込むと、通りを横切って魚屋に近づいた。

「あんなあ、魚屋はん。残り物があったら、ちょっと分けてんか」

気安い口調で呼びかけた。

「ありゃ、見かけねえ子じゃねえかい。可愛いお嬢だね」

魚屋は、にっと白い歯を見せながら担いだ荷を下ろすと、

「おっかさんに頼まれたのかい。だが、あいにく、こちとらは品切れだあな」

と空になった桶を指差した。

「そうかいな。残り物があったら、安う分けてもらいたかったんやけどなあ」

阿久里は、いかにも子細ありげに目を伏せた。

「お母ちゃんなあ、身体の具合が悪うて寝込んでるんや。元気出してもらいたい

よってにな、売れ残りの安い魚あったら買《こ》うて食べさせたろて思てん」

阿久里はなかなかの役者だった。両の袖を胸元で打ち合わせ、身体をくねらせてもじもじしてみせた。

「そりゃあ可哀想《かわいそう》になあ」

人の良さそうな魚屋は、鼻の下を人差し指でごしごし擦《こす》った。

「おいらはこれから鯉《こい》を仕入れに行って根岸《ねぎし》まで届けるところでえ。鯉は乳の出が良くなるからと、京屋のお内儀さんに頼まれたんでえ」

魚屋が話した「乳の出」という一語に綾之丞は色めき立った。阿久里も振り向き、大人びた眼差《まなざ》しでこくりと頷《うなず》いた。

「余分に仕入れてきてやるよ。夕方で良けりゃ、鯉の一匹ぐれえただでくれてやってもいいぜ。鯉は乳の出だけじゃねえ。万病にも効くって言うからよ」

魚屋は腰を落として阿久里と目を合わせ、優しく頭を撫でた。

「根岸はここからえらい遠いやんか。おっちゃんは根岸のどこまで行くねんな」

阿久里は無邪気な素《そ》振りで首をかしげた。

「京屋さんの寮が根岸にあるんでえ。跡取り娘のお静《しず》さんが六日前に子を産んで、寮で静養なすってるんだがよ。初産なもんで乳が出ねえそうだ。おいらの目利きで活きの良い鯉を見繕《つくろ》って届けてくれってえわけでえ」

魚屋は得意げに答えながら天秤棒を肩に担いだ。

「ところでお嬢ちゃんの家は？　あとで届けてやっからよ」

魚屋の善意に、阿久里は一瞬、申し訳なさそうな顔をした。

「おっちゃん、おおきに。これには深〜いわけがあるねん。嘘ついて堪忍《かんにん》やで」

丁寧《ていねい》に腰を折った阿久里は、口をぽかんと開けたままの魚屋を置き去りにしてすたすたと戻ってきた。

「綾之丞はん、竹坊に違いあらへんで」

興奮した様子の阿久里に、綾之丞は首を振って見せた。

「赤子は赤子でも、生まれたてではないか。生まれて三月以上経っておる竹坊と京屋の赤子とは無関係だな」

「ええっ。そ、そない言うたら、ほんまに、そやな」

阿久里は気の毒なほどがっくりと肩を落とした。小柄な体がさらにひと回り小さくなった。

早々にけりがついたと綾之丞は内心ほっとした。

「長屋に戻るぞ。ほかに探すあてはないゆえ仕方あるまい」

折れそうに細い肩をぽんと叩いた。だが……。

「頼むわ」

阿久里は綾之丞の袂《たもと》をぎゅっとつかんで顔を見上げた。

「もしもっちゅうことがあるやん。無駄かもしれんけど根岸の寮ちゅうとこまで連れていってえや。綾之丞はん、この通り、お願いや」

小さな手を合わせて哀願《あいがん》した。

「やむをえん。乗りかけた舟だ。どのみち暇な身ゆえ、阿久里の気が済むまで付き合うてやろう」

日本橋から、上野《うえの》寛永《かんえい》寺の東に位置する草深い根岸の里をめざすことになった。

だが……。

阿久里は幼い女の子である。足のまめが破れてどうにも歩けなくなり、仕方なくおんぶしながら歩く羽目になった。

(安請《やすう》け合《あ》いせねばよかった)

身体の中にまだ残っている酒で、太陽が黄色く見える。

徳川《とくがわ》家の菩提《ぼだい》寺である東叡《とうえい》山・寛永寺の広大な寺域を通り過ぎれば、めざす根岸はすぐそこだった。

（帰りは阿久里だけ駕籠《かご》を頼むか）と考えながら、ずんずんと先を急いだ。

根岸の金杉《かなすぎ》村に出ると、町中から一転してひなびた地になった。

「根岸は鶯《うぐいす》で名高い風雅《ふうが》な土地柄でな。『呉竹《くれたけ》の里』とも呼ばれておる」

肩越しに阿久里に話しかければ、なにやら父親めいた気分になった。

清く澄んだ音無《おとなし》川のせせらぎの音が、上野の山陰に染み入るごとく静かに響いてくる。裕福な商人の隠居所や、別荘として使われる寮などが点在するほかは、田地ばかりが青々と広がっていた。

「どうやら、ここらしいな」

あちこちで聞きまわって、ようやく京屋の寮にたどり着いた。

寮の周りには「根岸紅」とも書く、山茶花《さざんか》の垣根がぐるりと巡らされていた。

冬の寒々しさを紛《まぎ》らわす花の色はもうなかった。垣根に沿って清らかな小川が流れ、鮒《ふな》・鯆《はす》・鯉などの稚魚がせわしげに泳ぎまわっている。

田舎風を装《よそお》った風雅な枝折り戸が見え、手入れの行き届いた庭の向こうには瀟洒《しょうしゃ》な建物があった。

竹林の笹が心地良い風にさやさやと音を立て、滲《にじ》んだ汗がすぐさま引いていく。

寮の向かいに目を転じれば円光寺《えんこうじ》という古刹《こさつ》だった。

円光寺は藤寺《ふじ》とも呼ばれ、藤の花の季節には門前に茶屋が立ち並んで花見客で賑わうが、今は人影もなくひっそりとしていた。

綾之丞らは、門前に生えた松の巨木の影から寮のうちをうかがった。

「お、あれか」

赤子を抱いてあやす、お静と思われる内儀の姿があった。横には乳母らしき地味な身なりの若い女がいる。乳母の胸元は豊かに膨らんで見えた。

「なあ綾之丞はん、生まれたてのややこやったら、日に当てたりせえへんで。抱きながら日向の庭に立つやて、絶対、おかしいわ」

中腰になってうかがう綾之丞の耳元に、阿久里の温かな息がかかった。

「ふうむ、なるほどな」

じっと目を凝《こ》らしてみると、赤子は嬰児《えいじ》ではなく、明らかに首が据わっていた。

「竹坊や。顔がそっくりやで。うちが確かめてくるわ」

阿久里はつかつかと垣根に近寄って山茶花越しに声をかけた。

「おばちゃん、可愛いややこやな。顔がきりっとしてるさかい、男の子かいな？」

またしても阿久里は芝居の才能を発揮して無邪気に尋ねた。

「そう、重太郎《じゅうたろう》って名前よ。丸々と肥《こ》えて金時《きんとき》人形みたいで本当に可愛いでしょ。

もっとよく見せてあげるから中にお入りなさいな」

誇らしげに答えたお静は、満面に菩薩《ぼさつ》のような笑みを浮かべた。

「さ、さ、どうぞ」

乳母が枝折り戸を開けて阿久里を庭のうちへ招き入れた。

「じゃあ、小さなお客さまにお茶とお菓子でも持って参りましょう」

ふくよかな顔をした乳母は、微笑みながら屋内に引っ込んだ。

「あの……、親戚《しんせき》のおっちゃんも一緒なんやけど……」

阿久里の言葉に綾之丞は、身仕舞《みじま》いを整えながら松の陰から通りに足を踏み出した。

「あらあら、お武家さまがご一緒でしたのね。お武家さまもどうぞ」

現れた綾之丞の尋常ならぬ美男ぶりに、お静は頬を赤らめた。

庭の石伝いに家屋に案内された。

奥で庭木に水遣《や》りをする小僧の姿が、ちらりと見えた。

間近で見たお静は、赤子の母というより祖母に見えるほど、小皺《じわ》の目立つ大年増《どしま》だった。

「あなたがたのようなお客さまなら大歓迎なのですが……。今朝、目つきの悪い男どもがあたしの抱いた赤子をじろじろ見ながら通っていったもので、市中で噂《うわさ》の拐《かどわ》かしの一味じゃないかって気味が悪くってね。明日にでもここを引き払おうかと相談していたところでした」

お静は不安げに眉根《まゆね》を寄せながら語った。

しんと静まった庭のどこかから、鹿威《ししおど》しの音色《ねいろ》が冴え冴えと響いた。

赤子を抱かせてもらった阿久里は、顔形や首筋の痣《あざ》から間違いなく竹坊だと確認し、綾之丞に向かって大きく頷いた。

赤子の自慢がしたくてたまらぬらしいお静は、

「この子については、仏さまのご加護《かご》があったのですよ」

と得意げに語り始めた。

生まれたばかりの赤子に死なれたお静は、落胆《らくたん》のあまり気を失って数日の間、眠りこけていた。目が覚めたとき、父親の重右衛門《じゅうえもん》が『日頃信心する観音さまのおかげをもって生き返ったんだよ』と赤子を抱かせてくれた。

不思議なことに、生まれて数日の嬰児のはずが、首の据わった姿にまで成長していたという。

「やはりそうだったか。お静、てめえは父親の重右衛門に騙《だま》されておるのだ」

立ち上がった綾之丞は、居丈高《いたけだか》に談判を始めた。

「そんな出鱈目《でたらめ》を信じるもんか」

お静は阿久里の腕から、ひったくるようにして赤子を取り返した。

「じゃあ、あんたたちはあたしの大事な重太郎を奪いに来たんだね。重太郎はどうあっても渡すもんか。重太郎は、間違いなくあたしが生んだ子なんだからね」

目をつり上げたお静は半狂乱になった。茶菓を運んできた乳母が、盆ごと茶菓を廊下に放り出してお静に駆け寄った。

「誰か来て！　重太郎が攫《さら》われちまう！　拐かしだ。助けてー！」

「坊ちゃんが大変だよ」

二人の悲痛な叫び声に、座敷の裏手から下働きの爺《じい》さんが箒《ほうき》片手に走ってきた。先ほどまで水撒きをしていた小僧もやってきて、甲高《かんだか》い声でぎゃあぎゃあ騒ぎ出した。

「わからぬ女子《おなご》だ。穏便《おんびん》に計ろうと思うたが、このうえは竹坊を連れ帰ってお上に届けてやる」

負けずに綾之丞もいきり立った。

「どうあっても重太郎を奪おうっていうなら、腰の刀であたしをばっさり斬って奪えばいいだろ。それこそ、お武家さんが人殺しで拐かしってえ証《あかし》になるさ」

鼻息も荒く、お静は赤子をしっかと抱きしめた。

お静の前に、爺さんと小僧と乳母が決死の形相《ぎょうそう》で立ちはだかって守りに入った。

向かいの円光寺からも寺僧が数人、棒を手にして駆けつけてきた。

「おい、阿久里、仕方ねえ。出直すとするか」

と言いかけたが……。

すぐそばにいたはずの阿久里の姿が忽然《こつぜん》と消え去っていた。

「阿久里！　どこだ、阿久里！」

綾之丞は、阿久里の名を呼びながら垣根の外に走り出た。

「な、なにっ」

はるか彼方の田道を走り去る怪《あや》しい一団が見えた。

額《ひたい》に片手をかざしてよく見れば、一人が子供を脇に抱えている。小豆《あずき》色の着物の色目から見て阿久里に間違いなかった。

(阿久里が攫われるとは)

綾之丞は、己《おのれ》の未熟さに歯嚙《が》みした。騒ぎに気を取られていたとはいえ、怪しい者の接近に気づかぬとは剣客《けんきゃく》失格だった。

「待て！　阿久里を返せ、返さぬか」

田道を脱兎《だつと》のごとく駆け出した。

距離があるためなかなか思うように追いつけない。

逃げ足の速い一味を懸命に追った。

一味は地の利があるらしく、田の中に点在する寮や隠居所、寺の角をたくみに曲がって追跡をまこうとした。

「やや、しまった」

不動堂の藪《やぶ》の前で、ついに一味の姿を見失ってしまった。

肩で大きく息をしながら綾之丞はその場に立ちすくんだ。

（落ち着け、落ち着くんだ。まだ近くにいるはずだ）

息を整えながら、綾之丞は周囲をじっくりと見まわした。

周辺にうっすら見覚えがある気がした。

不動堂の先の竹林の影に広大な屋敷地があった。明らかに町人の建てた寮や隠居所とは造りが異なっていて瀟洒《しようしや》を装《よそお》ううちにも武家らしき風格が滲《にじ》んでいた。

（榊家の拝領屋敷だ。間違いない）

数年前、兵馬に誘われて訪れた記憶があった。

当時から人が住んでおらず荒れ果てた様相だったが、月見としゃれ込んで酒盛りをするには格好《かっこう》の場だった。

屋敷に接近して土塀《どべい》の隙《すき》間から内部をうかがってみると、複数の人の気配が感じられた。

（阿久里、すぐに助けてやるぞ）

崩《くず》れた土塀から難なく侵入した綾之丞は、油断なく屋敷地に足を踏み入れた。

落ち葉が重なり合って積もったままなので、歩くたびにかさこそ音がした。いつ気づかれるかと神経を立たせながら、そろりそろりと家屋に接近した。

戸板はどこも閉められたままだったが、一枚だけはずされた箇所があって出入り口となっていた。

「おっちゃんら、うちをどないしようっちゅうねんな」

阿久里の開き直ったような、凛とした声が聞こえた。

拐かしの一味が、お静の赤子に目をつけていたとすれば、すぐにも生き肝《ぎも》が入り用なのだろう。阿久里が無残に殺されると想像しただけで、汗が顔の輪郭《りんかく》をだらだら伝って地面に落ちた。

（急がねば……）

綾之丞はそろそろと戸口に向かった。

中から男たちのだみ声が響いてきた。昼間から酒盛りでも始めた様子だったが、兵馬の気配はなかった。

「このように上手くいくとはな。あの若造が騒ぎを起こしてくれたおかげでぇ」

「京屋の赤子を拐かすはずだったが、まあいい。同じこった」

「まさかお旗本の拝領屋敷に逃げ込んだとは思うまいよ」

男たちは下卑《げび》た声で高笑いした。

綾之丞は、左手の親指で愛刀・関の孫六兼元の鯉口《こいぐち》を切った。

身体から殺気が流れ出ているはずだったが、一味の誰一人気づかぬまま酒盛りを続けていた。

つまり、剣の腕で危惧するに足る者は皆無なのだ。

板戸の隙間から顔をのぞかせて内部を盗み見た。

縛《しば》り上げられた阿久里は部屋の隅に転がされていて、男たちの輪から二間《けん》（三・六四メートル）ほど離れていた。

綾之丞は、手の平を唾《つば》で湿してから孫六兼元を抜き放った。

「どりゃあ！」

一喝しながら座敷のうちに躍り込んだ。

「な、なんでえ」

破落戸《ごろつき》たちの間に激しい動揺が走った。

今だ！

隙をついて阿久里のもとに走り寄るや、ひと呼吸のうちに縛《いまし》めを断ち切った。

阿久里を立ち上がらせて素早く体の後ろにかばった。

「どこのどいつだか知らねえが、やっちまえ」

四人の破落戸どもは、素早く銘々の長脇差をつかんで鞘《さや》から引っこ抜いた。

「どええええーっ！」

正面から闇雲《やみくも》に斬りかかってきた男の切っ先を鍔元《つばもと》で受け止めた。

トウッ！

突き放しざまに男の胴を薙《な》いだ。

「うぎゃああ！」

男は、凄《すさ》まじい悲鳴とともに血しぶきを上げ、内臓をまき散らして横転した。

「あわわわわ」

残る三人はすくみ上がった。

一人は腰を抜かして「命ばかりは」と震《ふる》え上がった。綾之丞は、男の首筋に手刀打ちをくらわせて黙らせた。

「待たぬか」

おたおた走り出した二人を追って背中に斬りつけた。

「ぐわっ」

「かっ」

死ぬほどの深手ではなかったが、一人は畳の上に、もう一人は縁側から庭に転げ落ちて悶絶《もんぜつ》した。

「何事じゃ」

別棟の方角から、渡り廊下を走る足音が響いてきた。

「先に逃げろ」

綾之丞は阿久里の身体を押しやるようにして屋敷外に逃がした。

殺気が迫る。

「兵馬、あくまで信じておったのに」

荒れ放題の庭に立ち、憤《ふん》怒《ぬ》を込めて振り返った。関の孫六兼元を握る手が怒りでぶるぶると震える。

「あ、綾之丞、汝《うぬ》の仕業《しわざ》か」

兵馬は顔面蒼白《そうはく》ですでに抜刀《ばっとう》していた。

「おのれ、おのれ！」

甲高《かんだか》い悲鳴のような声で叫びながら、ひらりと庭に降り立った。

「兵馬、今や悪事は明白となった。貴公も名のある旗本榊家の子息、縄目の恥を受けさせたくない。武士の情けだ。介錯《かいしゃく》してやるから潔《いさぎよ》く腹を切れ」

腹の底から絞り出すように、綾之丞は低い声で叫んだ。

「笑止！」

綾之丞めがけて兵馬の剣が殺到してくる。

袈裟《けさ》斬り――斬り落としを仕掛けてきた。

「未熟者め」

綾之丞の刀身が兵馬の打突《だとつ》してくる刀に軽く応じる。裏からの巻き技をかけた。

ひと呼吸のうちに巻き落とされた兵馬の剣が吹っ飛んだ。

「ま、待て」

兵馬は後ずさりして草がむさ苦しく茂った地面に伏した。

「待ってくれ、綾之丞、先ほどは親しい者どもを斬り伏せられて逆上してしもうたが、拙者《せっしゃ》の本心ではない」

兵馬は頭を地に擦《こす》りつけんばかりにした。

「『義兄弟』の仲ではないか。頼む、この通りだ。見逃してくれ」

兵馬の放った義兄弟という言葉が、遠い日の記憶を呼び覚まし、綾之丞の琴線《きんせん》をびんと弾いた。

すがるような目で懇願《こんがん》する兵馬を斬れなくなった。

兵馬から目をそらさぬまま左手を鯉口にやると、あくまで隙を見せぬまま納刀した。

「この場で腹を切れば、榊家へ累が及ばぬように尽力《じんりょく》いたす。このまま目付に引き渡してことが明らかになってもかまわぬのか。どちらを選ぶか、よく考えろ。おぬしの名誉のためでもある。腹を切れ」

兵馬を見下ろしながら、さらに自裁を迫った。

「わかった。だが話だけは聞いてくれ」

兵馬は膝頭《ひざがしら》に置いた両の拳《こぶし》に力を込めて語り始めた。

「吉原に心底好き合うた女ができたのは、そなたもよく知っておろう。志津加は二心なきことを誓う『心中立て』にと小指を切り落として贈ってくれた。男として、真心に応えねばならなかったのだ」

「女郎の手管《てくだ》を真に受ける馬鹿がおるか。本当に小指が一本、足らなくなったかどうか、おぬしは確かめたのか」

茶々を入れた綾之丞の言葉に、兵馬はしばらく絶句し、顔が紅くなったり青くなったりした。

「いや間違いない。傷口を布で巻いておった」

「馬鹿め。ない指にどうやって布を巻くのだ。惚《ほ》れてしまえば目も曇るというわけか」

綾之丞は、兵馬の愚《おろ》かさに呆《あき》れ果てて声高《こわだか》に嘲笑《ちようしよう》した。

「そ、それはともかく……。拙者は借金が嵩《かさ》んで首が回らなくなってしもうた。そなたも薄々、感じておったろうが、榊家の台所は火の車じゃ。とてもではないが父や兄に無心などできなかったのだ」

「で、拐かしを企《たくら》んで手下を集めたと言うのか」

「いや、違う。聞いてくれ綾之丞。拙者は騙されたのだ。弦兵衛《げんべえ》という薬種商に頼まれて割の良い用心棒仕事を始めたことが、間違いの始まりであった。弦兵衛は極悪人でな。拙者は、幼児の生き肝を調達するためとは露《つゆ》知らず、拐かしに手を貸してしもうた。気づいたときには、一味から抜けられず、難儀しておったのだ。決して頭目などではない。医者の随庵《ずいあん》と組んだ弦兵衛に脅《おど》され、指図《さしず》されて動いておっただけじゃ。それだけは信じてくれ」

じっと見つめる兵馬の目から、涙がどっと溢《あふ》れ出した。

やはり兵馬は兵馬だった。小悪党ではあっても極悪人ではなかったのだ。

「おぬしの愚かさはともかく、ずるずると悪に引き込まれた事情は哀れだ」

なんとか兵馬を救う方策はないものかと心は嵐にもまれる小舟のように激しく揺れ動いた。

「弟分のそなたに心のうちを明かしたうえは、もう思い残すことはない。潔く腹を切って償《つぐな》うとしよう」

兵馬はむしろ晴れ晴れとした顔になった。

「介錯《かいしゃく》は無用に願う。綾之丞はこの場におらなかったことにすれば、面倒にも巻き込まれずに済む。拙者が愚かだった。自らの始末は自らでいたす」

「それでこそ武士だ」

最後の最後に示した立派な覚悟に綾之丞は兵馬を見直した。

晴れていた空に、にわかに黒雲がわき出し、草生した庭は暗い色彩に変わった。

座敷に入った兵馬は、静かに着座し、腰の脇差をはずしてそろえた膝の前に置いた。

「真相が有耶無耶《うやむや》になるように祈るばかりだ。榊家にお咎《とが》めが来ぬか、それだけが気がかりだ」

兵馬は諸肌《もろはだ》脱ぎになると、脇差を押し頂いて静かに鞘から抜いた。

冷たく光る刃先を見つめながら、兵馬はさらに言葉を続けた。

「綾之丞、そなたと遊びまわっていた頃が遠い昔のように思えてならぬ。拙者に弟はおらなんだ。腹違いの兄は拙者に冷たく、無関心であった。おぬしと知り合《お》うて義兄弟の契《ちぎ》りを結んだときは、ようやく血を分けた肉親を得たと感慨深かったものよ」

兵馬は、静かな眼差しでしみじみ述懐《じゅつかい》した。

脳裏《のうり》に、二人して悪戯《いたずら》をした、幼い日の思い出がありありと蘇《よみがえ》った。

兵馬のほうが二つ年長だったが、小心でおとなしい童《わらべ》だった。悪さは、綾之丞の先導で実行に移され、兵馬は命ずるままに動く下僕だった。

――九歳の夏だった。

錦鯉はいかなる味であろうか。

試してみたくなった綾之丞は、父が大事に育てていた鯉を釣り上げた。兵馬を誘い、庭に設《しつら》えられた稲荷社の裏手で、こっそり焼いて食ってみた。明くる日になって義母に知られ、こっぴどく折檻《せっかん》された。

数日後、兵馬が話しかけている隙を狙い、義母の袂に蛇をねじ込んで半狂乱にさせた。綾之丞は快哉《かいさい》を叫んだが、悪戯に加担させられた兵馬は大泣きしながら榊の屋敷に逃げ帰り、しばらくの間、一色家に姿を見せなくなった。

義母は綾之丞を鞭《むち》で打ち据えた。

謝るどころか口汚く罵《のの》りながら大暴れする綾之丞に義母は逆上した。

義母は、一色家や実家の菩提寺とは別に、なぜか、普門《ふもん》寺という深川浄心《じょうしん》寺の末寺を頼みにしていた。

義母に命じられた家人《けにん》に普門寺まで連れていかれ、日の差さぬ暗い堂に監禁されて何度も灸《きゅう》をすえられたが謝らず、とうとう住職が根負けして終わった。

長じて剣術や柔術の腕が上がると、本所で暴れまわっていた男谷精一郎や勝小吉を真似て、町人の悪餓鬼ども相手の喧嘩《けんか》に明け暮れた。

喧嘩はすべて綾之丞が仕掛け、相手を死ぬほどこっぴどく痛めつけた。

激しい気性の綾之丞は、一度、暴れ出すと自制する心が働かなくなった。

兵馬は、背後でおろおろしながら、綾之丞の過激な行為を止める役割を担《にな》ってきた。

兵馬の手綱《たづな》のおかげで綾之丞は、罪科《つみとが》に問われることも殺害されることもなく、今まで無事に過ごせた。

座敷の前には荒れ果てた庭が広がっていた。

長年、剪定《せんてい》されていないため、野放図に生い茂った庭木の中で、桃の老木の見事な枝振りが一際、目立っていた。

花の季節はとっくに終わっていたが、一つ二つ咲き残っている花があり、鮮やかな花弁の色が目に飛び込んできた。

（桃の木と言えば……）

七歳になった年の桃の節句の記憶が蘇った。

「三国志演義《さんごくしえんぎ》」の逸話「桃園《とうえん》の誓《ちか》い」を真似て、一色家の庭の桃の木の下で兵馬と義兄弟の契りを結んだ。

綾之丞の発案で交わされた幼い誓いは、今も胸の内にあった。

おりしも一陣の風が吹き、日が陰って色を失った庭に、鮮やかな桃の花弁が舞い散った。

「迷惑がかかるとは水臭い。拙者が介錯してもかまわぬ。本当に介錯は要らぬのか」

綾之丞は静かに尋ねた。

「………」

押し黙った兵馬の表情は影になって見えず、肩先だけが震えていた。

さらに声をかけようとしたとき、

「無用!」

ひと言叫ぶや、兵馬は手にした脇差でいきなり斬りつけてきた。

「!」

反射的に体をさばいた。だが……。

太腿《もも》に熱い衝撃が走り、転倒した。

「はははは、介錯無用と言うたであろうが」

高笑いする兵馬の顔は狂気そのものだった。

兵馬は孫六兼元を奪って鞘を払った。狂気に冒《おか》された者ゆえの、ありえぬまでの俊敏《しゅんびん》さに、綾之丞は目を見張った。

「うう」

右太腿からどくどくと血が流れ出して袴を濡らす。

掌《てのひら》で傷を押さえる綾之丞の前に、抜き身をひっさげた兵馬がぬっと立ちはだかった。

「甘いのお。卑怯《ひきょう》も戦法のうちよ。勝てば良いのだ」

兵馬は顔を醜《みにく》く歪《ゆが》めながら嘲笑《ちょうしょう》し、綾之丞の眼前に刃先を近づけてきた。

「なにを」

綾之丞は腰の脇差を抜き放ち、震える右手で構えた。

「綾之丞、わしは幼い頃からいつもそなたを憎んでおった。同時期に入門した道場での上達ぶりといい、姿形や賢さの違いといい、周囲の者にことごとく比較されて悔《くや》しゅうてならなかった。我がまま気ままなそなたに振りまわされて腸《はらわた》が煮えくり返っておったわ。義兄弟の契りなど、そなたがわしに無理強いしおったにすぎぬ。弟のように思うたことなど、ただの一度たりともない」

思いがけぬ告白が、矢となって襲ってきた。

脳天を打ち砕かれたような衝撃が走った。

「今までずっと俺を騙しておったのか、兵馬……」

身を絞るように低く呻《うめ》いた。

己に価値を見出せなかった綾之丞は、今の今まで兵馬を見下すことで快感や安らぎを得ていた。兵馬の気持ちなど考えず、我が持ち物のごとく扱ってきた。兵馬を、一人の人として考えていなかった。

だが……。己のほうが大たわけだった。兵馬は陰で嘲笑《あざわら》っていたのだ。

恥ずかしさで、身体の奥から発火しそうだった。

「ははは。長年、そなたを金蔓《かねづる》として利用していたまでのこと。女のおこぼれにあずかる余得もあったゆえ、ちやほやとおだてておったのじゃ」

勝ち誇った兵馬は、本性をさらけ出して言いつのった。

「労せずとも女のほうからなびくそなたが、得々と女の口説き方を説き、釣果《ちょうか》を自慢げに吹聴《ふいちょう》するさまが憎うてたまらなかった」

兵馬は積もり積もった鬱憤《うっぷん》をぶちまけた。

「くく、機会を見つけていつか嬲《なぶ》り殺しにしてやろうと思うておったが、ようやく念願がかなうのだ」

兵馬は冷笑に似た歪んだ笑みを浮かべた。

「俺が袖摺稲荷で襲われた一件も、兵馬、おぬしの仕業だったのだな」

「その通りじゃ。若隠居の供回りの侍が『殿をこけにする若造を懲《こ》らしめる手立てはないものか』と話すのを小耳にはさんだゆえ、そなたの極悪非道の振るまいをでっち上げてけしかけたのじゃ。あやつらがすっかりその気になりおったので膳立てしてやったまでのことよ」

兵馬はからからと乾いた声で笑った。

「今宵《こよい》こそ、我が手で斬り刻んでくれる」

狂気に満たされた兵馬の体は、ひと回りもふた回りも大きく感じられた。

かつて出会ったためしのない強烈な殺気は、兵馬が自分のすべてに対して抱いていた憤懣《ふんまん》と憤怒から醸成《じようせい》されたものだろう。

紅い奔流《ほんりゆう》とともに、身体から命の息吹が溢《あふ》れ出す。

意識が途切れかける。

綾之丞は、幼い頃から死に場所ばかり求めていたのかもしれなかった。

そのために懸命に剣を学んだ。

格好をつけて死ぬために生きてきた。

(騙し討ちに遭って死ぬなどという、嘲笑されるような死に方は御免だ。せめて一矢だけでも報《むく》いたい)

閉じようとする目を懸命に見開いて、兵馬の血走った瞳を睨《ね》めつけたそのとき。

聞き取りにくくなった耳に、誰かが座敷に躍り込んでくる振動が伝わった。

「榊兵馬！　わいが相手したる」

総十郎が凜《りん》とした声で呼ばわった。

「あのときの瘦《や》せ浪人か。綾之丞ともどもまとめて始末してくれる」

兵馬は甲高い声でわめいた。甲高い声がさらに高くなった。

「総十郎、今の兵馬は破れかぶれで狂っておる。気をつけろ」

綾之丞は、総十郎に向かって声を振り絞った。

「ほんなら、おんどれを置いて逃げてもええんかいな」

総十郎は、剽軽《ひょうきん》な笑顔で片目をつぶってみせた。

「逃がさぬぞ、瘦せ浪人！」

兵馬が目を血走らせていきり立った。

「ほら、この御仁かて、こない言うたはるがな。ここはわいが相手するよりしょうないがな」

あくまで平常心を保った顔つきの総十郎は、静かに兵馬と対峙《たいじ》した。手強《ごわ》い相手との一戦を楽しんでいるようにさえ見えた。

（貧血のため、幻を見ているのではないか）と我が目と耳を疑った。

幻である証《あかし》に、自信に満ち、剣客然とした総十郎の背後には眩《まぶ》しい光芒《こうぼう》が見えた。

総十郎はまだ動かない。

泰然自若《たいぜんじじゃく》として巌《いわお》と化していた。

兵馬も隙のない構えで動きを止めた。

刻が止まって両者は微動だにしなくなった。

精神を集中して対峙した場合、根負けして気を乱した者の負けとなる。

長い時間が流れたようにも思え、一瞬とも思えたのち……。

「きえええええーっ」

怪鳥のような声を発し、兵馬が総十郎めがけて突進した。

「むん」

ふたつの影が交差し、即座に身を離した。

「ぐえっ」

短い悲鳴を発した兵馬は、糸を切断された操《あやつ》り人形のように突っ伏した。

血振りした総十郎は、懐紙で刀身を丁寧に拭《ふ》き取って静かに納刀《のうとう》した。

終わった。

緊張で強張《こわば》っていた体から力が抜け、詰めていた息を吐き出した。

「大丈夫かいな、綾之丞」

駆け寄った総十郎は、慣れた手つきで右太腿の傷口を縛《しば》ってくれた。

「まもなく捕方が来《き》よるはずや」

動けなくなっていた破落戸どもを手早く縛り上げ、逃げぬよう柱に括《くく》り付けた。

「立てるか、綾之丞」

総十郎が肩を貸してくれた。興奮のせいで痛みを感じぬものの、出血で濡れそぼった袴が肌に吸いついてやけに重かった。

(助けてもらったに違いないが、もとはと言えば、阿久里を救うためだったのだからな)と礼の言葉に躊躇《ためら》ううちに、

「すまん、すまん。ほんまは、おんどれを疑ってたんや」

いきなり総十郎が平謝りし始めた。

「阿久里が、おんどれと出かけるとこを見たもんでな。『兵馬に頼まれて阿久里を連れ出したのやないか』て疑《うたご》うて跡をつけたっちゅうわけや。疑うてしもて堪忍やで」

総十郎は、一味を追っていく綾之丞を追いかけたが、すぐに見失ってしまった。

拐かされたなら連れ込まれる先は榊家の拝領屋敷だと考えた総十郎は、探し探してようやく駆けつけたという。

「俺さまを、くだらぬ悪事に加担する大馬鹿者だと思ったとは、ずいぶんひどいではないか。この埋め合わせはしっかりしてもらうからな」

と綾之丞は毒づいた。

「ほな帰ろか」

総十郎は、綾之丞の体をひょいと肩に担ぐと大股でのしのしと歩き出した。

六

明くる日、綾之丞は、総十郎と幸吉夫婦・お絹とともに京屋を訪れた。

足に重傷を負った綾之丞だけ、駕籠《かご》を頼んでの道行きだった。

「ここや、ここやで」

総十郎の声に、幸吉夫婦は「へ、へえ」と間抜けな声で応じた。

夫婦は京屋の間口の広さに圧倒されたようだった。場に呑まれておどおどしている。

いた。

総十郎が店先で訪《おとな》いを入れた。

応対に出てきた番頭が、慌《あわ》てた様子で奥へ向かったと思うと、貫禄たっぷりな重右衛門が店先まで姿を現した。重右衛門の皺《しわ》の目立つ顔には苦渋の色が表れていた。

京屋側の丁重《ていちょう》な応対から考えれば、すんなり竹坊を返してくれそうだった。

「ささ、ともあれお上がりください」

長く曲がりくねった廊下をぞろぞろと歩いて、奥まった離れ屋に案内された。

「なんだか、どこぞのお大名の御殿みたいじゃねえか」

「御殿なんて入ったこともないくせに」

気もそぞろで、なんだかんだと言い合う幸吉夫婦のすぐ後ろから、口をへの字に結んだ娘のお絹がくっついて歩く。

通された座敷は一見質素に見えたが、子細に見れば、目立たぬ箇所に贅《ぜい》を尽くした造りだった。

広い座敷の片隅に、顔を強張《こわば》らせたお静の姿があった。

お静は、赤子をしっかと抱きしめながら綾之丞らを睨《にら》みつけた。お静の肩を支えるようにして抱く、でっぷり肥《こ》えた年配の女が、重右衛門の内儀らしかった。

「ご迷惑をおかけいたしました。この通りお詫び申し上げます」

上座に案内された綾之丞らに向かって、重右衛門は丁寧《ていねい》に頭を下げた。

父親のへりくだった態度に話の先行きを案じたらしく、色を失ったお静は赤子をさらにきつく抱きしめた。

「捨て子だとすっかり早合点いたしておりました」

訥々《とつとつ》と話す重右衛門の言葉を遮《さえぎ》った内儀は、

「何度も流産を繰り返して、ようやく授《さず》かった赤子が男の子でしてね。喜んだのもつかの間……。その日のうちに亡くなったもので、静は気落ちしちまいましてねえ。気を失ったまま何日も起きないので、今度は静の命まで心配になるありさまでした」

と付け加えた。

「なあ綾之丞、重右衛門は婿《むこ》養子で、お静の相手も入り婿らしいな」

総十郎は、座敷の隅にひっそりと控えている、お静の婿らしき男に目をやった。

こほんと一つ咳《せき》払いしてから重右衛門はお静のほうに膝を向け、

「親心から、亡くなった赤子が生き返ったなどとついつい嘘をついてしもうた。すまなかったな」

と詫びた。

「じゃあ、ほんとにこの子は……、この重太郎は、そこにいる人たちの子なの？」

お静は声を震《ふる》わせて絶句した。

赤子を抱きしめたお静の頬《ほお》を、銀色の滴《しずく》がとめどなく伝い落ちた。

「主人が余計なことを考えたもので、皆さんにご迷惑をおかけするやら、静を余計、惨《むご》い目に遭わせちまうやら。主人は馬鹿なんですよ。わたしはね、そもそも静を騙《だま》すことには反対だったんですよ」

「これ、騙すなぞと人聞きが悪いじゃないか。人様の前でなにを言い出すものやら」

「おまえさまが悪いのですよ」

体面を傷つけられた重右衛門と内儀の間で言い争いが始まった。

「お静はんは、極楽から地獄、地獄から極楽かと思たら、またしても一気に奈落《ならく》の底に落ちたたっちゅう具合やろな」

総十郎が誰に話すともなく、しみじみした口調でつぶやいた。

「親が我が子に注《そそ》ぐ慈愛《じあい》っちゅうもんは、計り知れんさかいな」

感慨深げに言いながら、綾之丞の顔をちらりと見た。

「なにが慈愛だ」

母を知らずに育った綾之丞には理解の外だった。

「容易に子を捨て去る親も多い。人それぞれだ。ひと括《くく》りにするな」

と異を唱《とな》えた。

「そらまあ、産んだからちゅうて、すぐ親になるわけやない。子の面倒を見るうちに、愛しさが生まれて、親っちゅうもんになるんや」

綾之丞は生まれてすぐ一色家に引き取られた。商家の娘だった母は、どこかへ嫁《とつ》がされたという。

「つまり、俺を産んだ母は、俺を育てなかったから、思い出しもせぬのだろう」

綾之丞は無性に腹立たしくなってそっぽを向いた。

座敷の中に心地良い風が吹き込んで名も知らぬ花の香りが漂ってきた。

「あの……」

押し黙ったままだったお静が幸吉とお力に向かって真剣な眼差《まなざ》しで訴えかけた。

「わたくしはもう四十路《よそじ》です。お医者さまからは『この先、もう子は授からない』と言われております。これも縁でございましょう。あらためて、この子を養子としてもらい受けとうございます」

お静の言葉に、幸吉夫婦が顔を紅くしたり青くしたりした。

「そんなこと急に言われたって、ねえ、あんた」

「とはいえ、竹坊のためを思やあ、これは思案のしどころかもしれねえやな」

「あんた、なに言ってんだよ」

「竹坊が、俺みたいな雇《やと》われ大工で、一生、終えるのか、大店《だな》の主《あるじ》として迎えられるのかっていやあ……」

幸吉とお力は額《ひたい》を集めて相談を始めた。本人たちはひそひそと内輪《うちわ》話のつもりらしかったが、皆に丸聞こえだった。

「こんな大きな店で、御蚕包《おかいこぐる》みで育てられるのかって思うと悪くない話だねえ」

お力も養子話に傾き始めた。

二人のやりとりをお静がすがるような目で凝視している。

「ここが落としどころやろう。竹坊の先行きを考えたら、幸吉はんとお力はんの決断は間違《まちご》うてへんで」

総十郎が賛意を表した。

「それでよいのか。物心ついたとき竹坊がどう思うかを皆は考えておるのか。実の親に捨てられたと知った竹坊が、俺のようにひねくれぬと断言できるのか」

綾之丞は、すかさず異議を唱えた。

「いやだよう！」

今まで黙って大人のやりとりを聞いていたお絹が突然叫んだ。

「竹坊を他所《よそ》にくれちまうなんて嫌だ。これからは大事にするからさ。ね、ね」

お絹は幸吉とお力の手を交互に握って懇願《こんがん》した。両の目から止めどなく涙が溢《あふ》れ出してひっくひっくとしゃくり上げた。

「あたいはね。皆に可愛がられている竹坊がちょっぴり憎らしかったんだ。……だからあのとき、竹坊が泣き止まないもんで……。竹坊なんかいなくなったっていいって放《ほ》っぽっちまった。けど、ほんとにいなくなるなんて、これっぽっちも思わなかったんだ。もう金輪際《こんりんざい》、目を離したりしないからさ。後生《ごしょう》だから竹坊を返してもらってよ」

お絹は懸命に訴えた。

「けどなあ、絹」

迷う幸吉夫婦に、お静は、

「やはり諦《あきら》めます。お絹ちゃんの気持ちを考えないとね」

泣き笑いを浮かべながら、お絹に竹坊を手渡した。

「おばちゃん、ありがとう」

お絹は、ありったけの笑みを掻《か》き集めたように、にっこり笑って、竹坊をぎゅっと抱きしめた。

「ねえ、おまえさん、竹坊が、奉公に出られるくらいの年まで待つというのはどうかねえ」

内儀が問いかけると、重右衛門は大きく頷《うなず》いた。

「悪いようにはしません。養子になるかどうかはその折に決めればよいでしょう」

大店の主の貫禄を感じさせる言葉で、重右衛門は重々しく締めくくった。

「子が親と一つ屋根の下で暮らす年月は意外と短いもんや。幸吉一家がいくら子沢山や言うたかて、狭い一間《ひとま》に大勢の姉妹がひしめいてるわけやあらへんものな」

総十郎は顎《あご》に手を当てて無精髭《ぶしょうひげ》を撫《な》でた。

幸吉一家は、上の子から順に、住み込みで女中奉公に出たり、縁《えん》づいたりして家を出ていったため、今は夫婦とお絹・竹坊の四人暮らしだった。

「短い間やからこそ、お絹と竹坊の絆《きずな》を大事にしたらんとな」

総十郎がしたり顔で頷いた。

「お絹ちゃん、竹坊を連れてうちに遊びに来てね。あたしも会いに行きますよ」

お静は、寂しげであるものの穏やかな笑みを見せた。

長屋は元通りの明るさを取り戻した。

幸吉はせっせと大工仕事にいそしんでいる。

「あー、朝から退屈《たいくつ》で仕方がないな」

綾之丞は、片足を投げ出した格好《かっこう》で布団の上に座っていた。隣には、ちょこんと座した阿久里の姿があった。

「お茶、淹《い》れよか」

「そうだな。熱い茶をもらおうか」

朝から酒がいいとも言えなかった。

「熱湯で火傷《やけど》しないよう気をつけろよ」

付け足した言葉に、阿久里は、はにかんだように笑った。

「これじゃまるで夫婦《みょうと》ではないか」

阿久里は、世話女房のように毎朝やってきて、寝る頃までかいがいしく手伝いをしてくれる。

「どうせならお蔦の世話になりたいものだ」

小声で呟きながら、茶を淹れる阿久里のほうを横目で見た。

「御免なすって」

磯次が腰高障子《こしだかしょうじ》をがらりと開けた。

「飛鳥先生には先ほど伝えましたがね。綾之丞さんにもご報告をと思いやしてね」

日焼けした顔をのぞかせた。

「拐《かど》かしに関わっていやがった医者の随庵と薬種商の弦兵衛一味は、芋蔓《いもづる》式にお縄になりやした。ありがとうごぜえやす」

磯次は丁寧に腰を折ると、

「じゃあ、あっしはこれで……。今日は朝から女房が芝居見物に出かけてるもんで、八百屋の店番をしなきゃなんねえんですよ」

慌《あわ》ただしく帰っていった。

「若いおかみさんを持つとご機嫌取りが大変やな。けど、うちは違《ちゃ》うで。旦那はんをちゃ〜んと立てて、ええ世話女房になるさかいな。そやから綾之丞はんは安心してええで」

阿久里は艶然《えんぜん》と片目をつぶった。

大人顔負けの色気が小憎《こにく》らしい。

「遠い将来、阿久里も美女に育つのだろうがなあ。俺はそれまで待てぬ」

綾之丞は、阿久里に聞こえるようにつぶやいた。

第二話　曼珠沙華《まんじゆしやげ》の女

一

(はいはい、兄上のご高説《こうせつ》は、いかにもごもっともでござる)

長屋の四畳半の畳の上、一色綾之丞《いっしきあやのじよう》は戸口に背中を向けて寝そべっていた。

「おい、聞いておるのか、綾之丞」

狭い土間に突っ立って独りで激昂《げっこう》する兄・一之丞《いちのじよう》の言葉を、馬耳東風《ばじとうふう》とばかりにつるりつるりと聞き流した。

一之丞は、おんぼろ長屋には不似合いな若さまぶりだった。折り目の際《きわ》立った袴《はかま》に無紋ながら上物の羽織という姿で、優雅に扇子を手にしている。

同じ父親の胤《たね》とは思えぬほど二人は似ていなかった。

五歳年長の一之丞の声は、綾之丞のように柔らかな声音《こわね》ではなく、低くて野太かった。がっしりとした骨格に、鍛え上げられた肉をまとった長身の持ち主で、顔つきは、きりりとした若武者といった風貌《ふうぼう》である。

父・銀之丞《ぎんのじょう》に似て真面目一方で、学問に関しても武芸に関しても熱心な〝求道者〟だった。

ことに学問においては、幼い頃から秀才の誉《ほま》れが高く、義母は鼻高々だった。書見台の前で四半刻《とき》（約三十分）すらじっとしていられない綾之丞とは大違いである。

「……と、いうわけであるからしてだな……」

と一之丞の独演は続いた。一之丞の説教は珍しくなかった。

野分《のわき》と同じで、抗《あらが》わずに受け流しておれば、怒りはいつの間にか治まっている。

綾之丞は、幼い頃から兄の習癖《しゅうへき》を熟知していた。

（兄上と手合わせして優劣をつけたいものだ。明日にでも千葉《ちば》道場に出向いて無理矢理、他流試合を申し込んでやろうか）

一之丞の剛直な視線を背中に感じながら、余所事《よそごと》を考えていた。

綾之丞は直心影《じきしんかげ》流で、一之丞は北辰一刀《ほくしんいっとう》流であるため、いまだかつて兄と手合わせしたためしがなかった。

実戦では負けぬつもりだったが、世間的な評価は、千葉道場で高弟を務める一之丞のほうがはるかに勝っていた。

一之丞本人も弟の腕を未熟と侮《あなど》っており、綾之丞は、優劣を決せられぬ悔《くや》しさを常に抱えていた。

(いっそ真剣で兄弟が斬り結べば、義母はどのような顔をいたすか見物《みもの》であろう)

夢想は、どんどん物騒な方へ流れていった。

「こら、綾之丞、こちらを向かぬか」

こめかみに青筋を立てた一之丞は、草履《ぞうり》を脱いで畳の上に上がると、寝そべったままの綾之丞の背後で仁王立ちになった。

脱いだ履《は》き物を自らそろえるところが、律儀《りちぎ》な一之丞らしかった。

「綾之丞、下賤《げせん》な者どもに囲まれてますます市井《しせい》の泥水に染まったか。呆《あき》れ果てた馬鹿者じゃな。今までの放蕩《ほうとう》は大目に見ておったが酔狂《すいきょう》も極まった。一色家の家門に泥を塗るでない。早々に屋敷に戻れ」

一気にまくしたてたあと、いかにも悲痛な口調でしみじみと付け足した。

「母上のご心痛も、いかばかりか……」

「なに、義母上《ははうえ》がだと?」

綾之丞は、がばりと起き上がって立て膝になった。

兄はなにもわかっていない。むかむかと吐き気が込み上げてきた。

「父上はともかく、あの女が心痛だと？　はは、可笑《おか》しくてたまらぬ」

「な、なにを申す、綾之丞、母上のご本心もわからぬのか。そなたが虚《うつ》けゆえ厳しく接しておられるだけではないか。この愚か者め」

一之丞のこめかみの青筋がさらに際立《きわだ》った。

「親に孝養を尽くせば間違いないと信じておる兄上は、まこと単純で幸せだのお」

苦々しい心持ちで、綾之丞は呑み残しの酒を呷《あお》った。

「兄者にとっては実の母だが、俺には赤の他人だ。あの女め、俺さまを使用人扱いしおって」

居ても立ってもおられぬような苛立《いらだ》ちとともに、あの日の義母の顔が昨日の出来事のように蘇《よみがえ》った。

それは綾之丞が五歳の夏の出来事だった。

足下にまとわりついてきた子犬をふざけて放り投げたところ、運の悪いことに子犬は庭の石灯籠《いしどうろう》にぶつかり、泡を吹いて死んでしまった。

子犬は義母が溺愛《できあい》していた狆《ちん》だった。

義母は事情も聞かず、『そなたがわざと殺したに違いありませぬ』と決めつけた。腹が立った綾之丞は、『きゃんきゃんと五月蠅《うるさ》いゆえ打ち殺してやった。良い気味じゃ』と返答した。

義母は、頰《ほお》を引き攣《つ》らせてこめかみの筋を震《ふる》わせながら、『今日限り、そなたは子ではない。膳をともにすることはならぬ』と言明した。

その日以来、今日にいたるまでの十数年間、綾之丞は毎日、使用人のように台所の板敷きで食事を摂《と》ってきた。

「あの日の母上は、ちょっとした仕置《しお》きのつもりであったのだ」

一之丞は、母をかばって言葉を詰まらせた。扇を持つ手がぶるぶる震える。

「そ、それを、そなたはだな……、意地を張っていまだに膳をともにせぬだけではないか。母上はそなたを思えばこそ……」

激した一之丞が目尻を吊り上げると、怒りで常軌を逸《いっ》したときの義母の目元そっくりになった。

「五月蠅い」

綾之丞も感情を抑えきれなくなった。

「今後いっさい、一色家の世話にはならぬ。親父殿に勘当《かんどう》されても一向にかまわぬ」

叩きつけるようにきっぱりと言い放った。

「う……」

一之丞は唇を噛《か》んだ。

肩で息をし始めたと思うと、無言のまま草履を履いて戸口から外に出た。

「綾之丞、どうなっても拙者《せっしゃ》は知らぬからな」

捨て台詞《ぜりふ》とともにくるりと身を翻《ひるがえ》した一之丞は、どぶ板を踏み鳴らしながら鼻息も荒く立ち去った。

「俺の心持ちなど考えてみたこともないくせに一人前に兄貴風だけ吹かせおって」

開いたままだった腰高障子《こしだかしょうじ》をぴしゃりと閉めた。

途端に部屋の中が、水を打ったように静かになった。

父・銀之丞は、綾之丞に甘いから、いきなり勘当はしないだろう。だが義母がこのまま引き下がるとも思えなかった。

綾之丞が音を上げておとなしく屋敷に戻るまで、一色家からの援助は絶たれるに違いなかった。たちまち活計《たっき》に困窮《こんきゅう》する。

「ま、なるようになるさ」

また畳の上にごろりと横になった。


明くる日の朝、綾之丞は、飛鳥総十郎《あすかそうじゅうろう》に伴われて本所《ほんじょ》にある土佐井《とさい》道場に向かった。

総十郎は、無形《むけい》流・土佐井道場で師範代を務めていた。

「気楽な道場やさかいな。指導するっちゅうても簡単なこっちゃ」

道場では、門弟を指導できる、腕の立つ者を探しているという。

「総十郎があまりにしつこく誘うゆえ行ってやるのだ。だが、話に乗ってやるかどうかは別問題だぞ。そもそも俺はだな……」

二ツ目之橋《ふたつめのはし》を北に渡りながら、綾之丞はくどくどと御託《ごたく》を並べた。

旗本屋敷が続く武家地を抜けて亀沢《かめざわ》町に入った。

土佐井道場は、入り組んだ町家の一画にあって門構えも貧相で、「無形流指南」と墨書された看板は風雨に曝《さら》されて色褪《あ》せていた。

「なんだ、この貧乏臭い道場は。狸穴《まみあな》にある我が直心影流道場とは、もともと比ぶべくもないが、予想よりずっとひどいではないか」

鼻先で笑いながらも、情けなさで悲しくなった。

「たった二十四畳しかあらへん道場やけどな。門弟は増える一方で繁盛《はんじょう》してるんやで。近々、隣の空き家を買い取って建て増しする手はずになってるねん」

総十郎は自慢げに胸を張った。

「ふん、俺の腕は安売りできぬぞ」

懐手《ふところで》をした綾之丞は、あたりを念入りに観察しながら薄汚い腕木門《うでぎもん》をくぐった。

道場内にまだ門弟の姿はなく、しんと静まり返っていた。朝寝坊をした鶏《にわとり》の鳴き声がどこからか聞こえてくる。

「とおふぃー」

豆腐売りの長く尾を引く呼び声がのんびりと響いてきた。

「武家相手の道場やったら、暇を持てあました無役の者が早々《はやばや》とやってくる刻限やけど、生業《なりわい》の合間に習いに来る町人百姓が相手やさかい、朝の出足が悪いんや」

総十郎は長々と弁解した。

すべてが下賤で貧乏臭い。

どんどん惨《みじ》めになった綾之丞は、眉間《みけん》に深い縦皺《たてじわ》が寄るのを感じた。

「やはり帰る」

「そない言いなや。なあ、悪いようにはせんから、話だけでも聞いたらんかい」

袖《そで》を引かんばかりの総十郎の案内で、道場と棟続きになった母屋に向かった。

道場主の土佐井は、ふくよかな体つきの老婆《ろうば》に給仕させてのんびり朝餉《げ》の最中だった。五十をかなり過ぎた土佐井の顔の陰影は濃く、両頬の肉はだらしなく緩《ゆる》んで垂れ下がっていた。

兵法者《へいほうしゃ》の顔ではなく、いかにも「稽古事の師匠」といった印象だった。

立派な身なりをした綾之丞に、ちらりと怪訝《けげん》な目を向けた。

「土佐井先生、今朝は、ええ話がありまっせ」

居室に上がった総十郎は、挨拶《あいさつ》もそこそこに来意を告げた。

「おお、さっそく見つかったか。それはありがたい」

土佐井は箸《はし》を手にしたまま左手で膝をぽんと打った。

「今から稽古場で立ち合うてみせますよってに、綾之丞の腕を見たっとくれやす」

「いやいや立ち合いなど不要じゃ。多少なりとも遣《つか》えるだけで良いのじゃからな」

土佐井の返答は、呆気《あっけ》ないほどお気楽だった。

「綾之丞殿、まずは一緒に茶でも飲まぬか。朝餉がまだなら母に用意させよう」

むっとした顔で押し黙ったままの綾之丞に、土佐井は親しげな笑顔を向けた。

しばらくすると弟子たちが、ぼつぼつとやってきてようやく稽古が始まった。

総十郎の話した通り、中間《ちゅうげん》や小者風の者が一人二人混じっているものの、れっきとした武士など一人もおらず、お店者や百姓が棒振りをして遊んでいる風情《ふぜい》だった。

「なんだ、こりゃあ、手踊りと同じではないか」

驚き、呆れた綾之丞は聞こえよがしにつぶやいた。

見ていると、総十郎は、三本に一本、弟子に勝ちを譲った。

(三本に一本取らせるのは我が師・精一郎《せいいちろう》先生と同じだが、似て非なるものだな)

剣聖と謳《うた》われる、男谷《おだに》精一郎の姿を思い浮かべた。

温厚な精一郎は、屋敷に置いている女中や下僕《げぼく》に対してさえ声を荒げたためしがなく、克己《こっき》を信条としていた。

試合を申し込まれれば必ず応じ、三本に一本勝ちを譲って相手に花を持たせた。

全力で勝負することが剣客《けんきゃく》としての礼儀だと考える綾之丞には、精一郎のやり方が納得できなかったものの、優しさや謙虚さの表れだという世間の評価も、ある程度、首肯《しゅこう》できた。だが、総十郎は……。

「おお、だいぶ上達したやないけ。その調子やで」

へっぴり腰の百姓相手に世辞を言う姿は、客を失うまいとする商人《あきんど》に似ていた。

「そのようにわざと負けてやっては、相手のためにならぬではないか」

総十郎に食ってかかった。

「誰か、参れ。剣の修行とはなんたるかを教えてやる」

綾之丞の稽古はいっさい、手心を加えぬ厳しさだったため、弟子は皆、尻込みした。

「おい、綾之丞、もう少し手柔らかにできぬか」

師範席に座した土佐井が、苦笑混じりに手招きした。

「な、綾之丞、門弟は、囲碁・将棋のような趣味の一つとして通う者ばかりでな。武家相手に教授しているわけではない。剣の道を究めるという理想とは端《はな》から無縁じゃ。気が向けば来れば良いし、休みたければ休めば良い。気楽に通えるところが我が道場の身上なのじゃ」

土佐井の言葉は剣客とはほど遠かった。

「弟子は、お客さまでな。大事にせんといかんのじゃ」

土佐井は声をひそめて、くくくと下卑《げび》た笑みを浮かべた。土佐井の口中の抜けた歯が、綾之丞を酷く惨めにした。

「道場に立てば、お互い剣の道を志す者同士だ。真剣に稽古してこそ上達する。このような道場ではやっていけぬ。俺は帰る」

綾之丞は、手にした竹刀を床に叩きつけた。

二

霜《しも》やんで苗《なえ》いずる晩春となった。

ようやく霜が降りなくなって苗代《なわしろ》では苗がすくすくと育っている。

綾之丞は、嫌々ながらも土佐井道場の師範代を務める毎日だった。

ある日、稽古を終えた綾之丞と総十郎は、土佐井の居室に呼ばれた。

土佐井の母がおっとりとした手つきで茶を勧めた。茶は濃すぎず薄すぎずで熱さ加減も良い塩梅《あんばい》だった。

「実は、少々頼み事があるのだ」

土佐井はゆったりとした手つきで茶碗を茶托に戻した。

「吉蔵《きちぞう》からの話なのじゃがな」

道場に通う、四十前の商人《あきんど》の名前を出して話し始めた。

「総十郎は知っておろうが、吉蔵は、武蔵《むさし》国多摩《たま》郡の富農・大野久三郎《おおのきゅうざぶろう》殿の四男でな。このたび、その久三郎殿が、屋敷の庭に立派な道場を建てたそうだ」

多摩は八王子《はちおうじ》千人同心の土地柄だった。

お上直属の地として太平の世が長く続いている現在《いま》でも尚武《しょうぶ》の気概を持つ百姓が多かった。剣術が非常に盛んで、あちこちの豪農の敷地内に各派の道場が設けられていた。

「吉蔵が申すには、月に二、三度でよいから大野邸まで出稽古に来て欲しいそうじゃ」

「土佐井道場が、いよいよ多摩に進出ちゅうわけでんな。やり方次第では門弟がぎょうさん、集まりよりますでえ」

商人顔負けの総十郎は、土佐井とともに胸算用にせわしかった。

「まずは早々に多摩の大野邸を訪ねて欲しい。総十郎だけでなく綾之丞にも頼みたい」

土佐井は、綾之丞に、ほんの少しだけ膝を向けた。

「は、はあ……」

綾之丞は生返事した。

遠出は面倒である。泊まりがけの仕事となれば数日間もお蔦《つた》の顔を見られない。

「お安い御用でんがな。な、綾之丞」

総十郎は、白い歯を見せながら、綾之丞の背中をぽんと叩いた。

「いつも不愉快だ。俺の身体に気安く触れるな」

と罵声《ばせい》を浴びせようとしたが、口を開くより先に総十郎が、

「ほんでな……」

と話し始めた。

「土佐井先生、阿久里《あぐり》のことやったら心配あらしまへんで。お蔦はんに頼んどいたら、ちゃんと食わして寝かしつけてくれますよってに」

「そう言えば、総十郎は、お蔦といつ所帯を持つのだ。阿久里もお蔦に懐《なつ》いておるようじゃし早いほうがよいぞ。ほかの男に寝盗られてから後悔しても遅いぞ」

土佐井は、度肝《どぎも》を抜くような言葉を口にした。

「総十郎、お蔦とそのような間柄とは知らなかったぞ」

綾之丞の言葉は棒読みになった。

顔色は青くなったり赤くなったりしていただろう。

「先生も綾之丞も、ええ加減にしてんか。確かに、お蔦はんにはよう世話になっ

てるけど、そないな関係やあらしまへんで」

総十郎は真顔できっぱり否定した。断定しすぎてかえって怪《あや》しい。

「それもそうだな。拙者《せっしゃ》は同じ長屋住まいゆえ、そのあたりの事情は存じておる」

綾之丞は、頬《ほお》を引き攣《つ》らせながら乾いた笑い声を立てた。

長屋では、お互い、知られたくない事情まで筒抜《つつ》けである。

総十郎がお蔦に夜這《よば》いをかけた気配も、お蔦が夜中に総十郎の家に忍んでいった様子もまったくなかった。

二人が外で逢い引きしていないかだけが気がかりだったが。

「ともかく善は急げゆえ、なるべく早く出立して欲しいのじゃ。路銀《ろぎん》のほか、それなりの手当ても出そう。先方の礼金が多ければ、さらに色をつけるゆえ、くれぐれもよしなにな」

「先方に気に入られなあきまへんさかいな。綾之丞には、愛想良うするようによう言うて聞かせまっさかいにご安心を。なあ綾之丞」

「俺は商人じゃないぞ。弟子になろうという者どもにへらへらへつらうなどもってのほかだ」

ぷいと横を向いた。

「わかった、わかった、綾之丞、先方とのやり取りは、すべて総十郎に任せればよい」

　土佐井は目を細めて苦笑した。


　いよいよ明日の朝、多摩へ旅立つ日となった。

　稽古を終えたあと、土佐井と最終的な打ち合わせをした綾之丞と総十郎は廊下伝いに門へ向かった。

「なあ、綾之丞、昨日、おんどれの家に、ぎょうさん届け物があったようやけど、あれはなんやいな」

　総十郎が、興味津々な顔つきで話しかけてきた。

「俺が留守の間に、葛籠《つづら》に詰められた真新しい着替えや下着が届いておったのだ。狭い部屋に荷物が増えて迷惑しておる」

「衣類ちゅうたら、お母はんの心づくしと違《ちゃ》うんか」

「馬鹿言え、あの女がそのような気遣《づか》いをするものか。嫌みに相違ない。『ずっと戻ってこなくてよいのですよ』とな。そのうち『縁の切れた男の持ち物を屋敷内に置いておけませぬ』などと申して俺の物を全部、送りつけてくるやもしれぬ」

一色家の家人《けにん》が、嫁入り道具でも運ぶように長持を担《かつ》いで磯次店にやってくる、そんな日は、案外、近そうだった。長持をいく竿《さお》も運び込まれては、寝る場所がなくなるどころか長屋からはみ出してしまう。

綾之丞の脳裏《のうり》に、義母の険のある狐顔《きつね》がまざまざと浮かんだ。

頭の中の義母は、『殿をもっと焚《た》きつけて勘当《かんどう》していただくゆえ、楽しみに待っていなさい』と勝ち誇ったように笑っていた。

「なさぬ仲っちゅうのは、そないなもんかいな」

総十郎は複雑な笑みを浮かべながら道場の冠木《かぶき》門をくぐった。

外に出ると、門弟の一人、弥助《やすけ》が、薄暗い通りに亡霊のように立っていた。

「弥助ではないか。とっくに帰ったのかと思っておったが」

弥助は三十前の実直な男だった。和蘭陀《オランダ》はじめ諸国の珍しい品を商う小体《こてい》な唐物屋を営んでいる。

「少しご相談がございまして……」

なにやら暗い顔つきである。辛気《しんき》臭い揉《も》め事に違いなかった。

「わいらでできることならなんでもかまへん、遠慮のぅ言うてみ」

総十郎は即座に笑顔で応えた。

「おい、総十郎、『わいら』の『ら』とはいかなる意味だ。俺の返事まで勝手にされては困る。なんでも安請《う》け合いするな」

　総十郎の袖《そで》を引っ張って抗議した。

「綾之丞さまも、ぜひともご一緒にお願いしたいのです」

　弥助は真剣な眼差《まなざ》しで深々と腰を折った。

「ゆっくり呑みながらというのは、いかがでしょうか」

　おずおずとした目で綾之丞の顔色をうかがった。

「ま、弟子の悩みは我々、師範代の悩みでもある。拙者は特段の用事もないゆえ、付き合わぬこともない」

　我を張って痩《や》せ我慢するより酒が恋しかった。

「先生がた、これから二人して雁鍋《がん》でもいかがですか。上野《うえの》に評判の店がございます」

　弥助は上野にある雁鍋に誘った。雁鍋とは雁の肉を使った鋤焼《すき》だった。

「雁鍋ちゅう料理屋の名前だけは知ってるで。いっぺん行ってみたいて思てたんや。な、綾之丞」

　弥助の誘いに、総十郎は一も二もなく即答した。

両国橋《りようごく》を渡って神田《かんだ》川沿いの柳原《やなぎはら》通りを歩き、和泉《いずみ》橋を渡ってさらに北に向かった。

東叡山《とうえいざん》寛永寺《かんえいじ》に至るお成り道——下谷《したや》（上野）広小路《ひろこうじ》に出ると、呉服店「松坂《まつざか》屋」の豪壮な店構えが、両側に立ち並ぶ店の中でひときわ目立っていた。

寛永寺の麓にある火除《ひよ》け地・山下と、門前の火除け地・下谷広小路には、茶屋・見世物・曲馬《きよくば》・軽業《かるわざ》・浄瑠璃《じようるり》など、多彩な葦簀《よしず》掛けの店や小屋が建ち並んで一大遊興地となっていた。

「その昔は『蹴転《けころ》』と呼ばれる娼《しよう》家が百軒以上もあったそうですが、寛政《かんせい》の御世に一掃されまして……。今では往事より遙かに賑わっておる次第で、結構なことでございますな」

大股でずんずん歩く綾之丞と総十郎の歩調に合わせるため、弥助は少々息が切れ気味だった。

「この店でございます。向かいの土手にあったときは貧相な一膳飯屋でしたが、文政《ぶんせい》の末にこちらに移ってきて今や下谷の名物でございますよ」

弥助は、五条《ごじよう》天神の門前町に並んだ二階建ての料理屋「雁鍋」を指し示した。

親しみやすい雰囲気の店内からは鋤焼独特の甘い香りが漂い出していた。鼻が自然にひくつく。

「俺は総十郎などと違って美食家で口が肥《こ》えておる。生半可な味の店では承知せぬぞ」

弥助に念押ししながら、先頭に立って店の中に入った。

狭い階段を上って二階に通されたが、座敷はひどく混み合っていた。そろいの前垂《だ》れをした女衆がきびきびした動きで料理を運んでいる。衝立《ついたて》を隔《へだ》ててすぐ隣では、職人の一家だろうか、若い女房が幼い男の子に食べさせていた。

注文した料理は、なかなか出てこなかった。

「遅いではないか。弥助、調理場まで行って文句を言ってこい」

堪忍《かんにん》袋の緒が切れかけた頃に、やっと鍋が目の前に運ばれ、三人で鍋を突《つつ》き始めた。

総十郎は下戸《げこ》らしく、弥助が勧める酒を断って鳖《ちろり》を綾之丞の脇に置かせた。

「黄肌鮪《きはだまぐろ》の良いのがございますよ」

雁鍋の主《あるじ》である料理人が自ら、見栄え良く盛りつけた刺身の鉢《はち》を運んできた。

「これが美味《うま》いんや。綾之丞も食うてみんか」

細い目をさらに細めた総十郎が真っ先に箸《はし》をつけた。

「鮪などという下賤《げせん》な食い物は、とんと口にしたためしがなかったがな」

総十郎にならって、刺身を大根おろしの入った醤油につけて口に運んだ。

「雁鍋の濃厚さと相まって、刺身のさっぱり具合がなんとも言えぬな」

初めて味わう美味に、綾之丞は舌鼓《したつづみ》を打った。

「そやろ、そやろ」

総十郎も美味そうにどんどん口に運んだ。

弥助は地味な商人で、金がありあまっているはずはなかった。

庶民的な店とはいえ、二人をもてなせば、それなりに金がかかる。精一杯の歓待をするとは、よほどの頼みなのだろう。

（難儀な相談なら、即座に断ってやろう）と考えながら、遠慮なく酒を胃の腑《ふ》に流し込み、鍋に残った具をどんどん口中に送り込んだ。

「さ、さ、どうぞ。お二人とも、もっと召し上がってくださいませ」

弥助はなかなか本題を切り出さなかった。これ幸いと綾之丞は酒のお代わりをどんどん頼んだ。ついでに雁鍋の具材と刺身の追加もさせた。

「わいはな、こないだから弥助の様子が気になってたんや」

総十郎は鍋を突く手を休めて弥助の顔をじっと見つめた。

「弥助は、こないだまで、えらい張りきってたやないかいな。近々、大伝馬町《おおでんま》の和蘭陀屋やら下谷の『中金《なかきん》』みたいな大きな唐物の店を日本橋《にほんばし》に出すんや言うて……。そやのに、最近になって急に元気がのうなって、熱心やった稽古かて休みがちやがな。なんぞあったんか？　言うてみんかいな」

総十郎の誘い水に弥助は意を決したように語り出した。

「吉蔵さんから聞きましたが、多摩に出稽古に行かれるとか」

「おお、確かにそうやが」

「多摩へは青梅《おうめ》街道を通られるのでございましょうか」

「その通りや。小川《おがわ》宿あたりで一泊して、翌朝、こざっぱりしたなりに着替えてから大野殿の道場に繰り込もと思てるんや」

「それならありがたい。それにつきまして少々お願いがございます。実は……」

弥助は事情を語り始めた。

弥助の両親は、甲州《こうしゅう》街道・下諏訪《しもすわ》宿で旅籠《はたご》を営んでいた。

下諏訪宿は、江戸から数えて三十九番目の宿場で、甲州街道の終点だった。中山道《なかせん》六十九次のうち二十九番目の宿場でもあり、四十軒ほどの旅籠が並んでいる。

弥助は長男だったが、家業を嫌って早くから江戸に出た。次男が旅籠を継いだものの、昨年の暮れに流行病《はやりやまい》で亡くなった。

年老いた両親は気落ちして繁盛《はんじょう》していた旅籠をあっさり畳んでしまった。

弥助を頼って江戸に出るという便りが突然届いて大いに驚いたという。

「旅籠を売り払った金で、弥助に大きな店を持たせたろちゅうつもりやったんか」

「そうです。店先も広くて親とも住める店を探していたところでしたが」

「ほんで、なんぞ問題でもあったんかいな」

「久々に会えると、到着を心待ちにしておりましたが……」

両親は青梅街道を伝って江戸入りする予定だった。到着の見当をつけて弥助は何度も内藤新宿《ないとうしんじゆく》の追分《おいわけ》まで迎えに出向いた。

「老人の足とはいえ予定よりひと月も遅れております。いくらなんでも遅すぎます。まとまった金子《きんす》は為替《かわせ》手形で送るよう申せば良かった。為替にする費用を惜《お》しんだものか、自分の手で運んで、てまえに直接、手渡したいとの親心だったのでございましょうか。途中で盗賊に襲われたのではないか、足を滑らせて崖《がけ》から落ちたのではないかと気を揉《も》んでおります」

「心配なら其《そ》の方《ほう》が、青梅街道を逆にたどって尋《たず》ね歩けばよいではないか」

不審に思った綾之丞は、箸を置いて口を挟んだ。

「もちろん、そういたしたいのですが、手前は今、店の先行きを占う大事な取引の期限を抱えておりまして、店を長く空けるわけには参りませんのです」

弥助は無念そうに俯《うつむ》くと、懐から松葉模様の手拭《ぬぐ》いを取り出して額《ひたい》に滲《にじ》んだ汗を拭《ふ》いた。

「それは心配なこっちゃ。けど、わいらが力になれるかどうかっちゅうてもな」

お代わりをした鍋も、綾之丞が平らげてしまっていた。総十郎は、鍋の底にわずかに残った滓《かす》を突いた。

「弥助、己《おのれ》の代わりに、俺たちに親を捜せと申すのか。雲をつかむような話ではないか。犬のようにあちこち嗅《か》ぎまわるなど、俺たち武家にできると思うのか」

屁《へ》理屈をつけて面倒な頼みを断ってしまいたかった。

「そや、綾之丞の言う通りや。弥助はんは商人やけど、わいらは痩《や》せても枯《か》れても武家や。わいらに目明かしの真似事でも、せえっちゅうのか。そないな聞き込みなんぞ、とんでもあらへん」

珍しく、総十郎が同調した。目明かし稼業《かぎょう》に誇りを持つ磯次《いそじ》が聞けば、大いに立腹しそうな物言いだった。

「やはり無理でございますね」

弥助は気の毒なほどがっくりと肩を落とした。

「無理なものは無理だ」

綾之丞は呑み干した猪口《ちょこ》を、とんと盆の上に置いた。

しばし沈黙が続いたあと、弥助はしみじみした口調で言った。

「手前は、今まで親不孝ばかりして参りました。これから孝行の真似事ができると喜んだ矢先、このように尻切れ蜻蛉《とんぼ》な幕切れになろうとは、思いもよりませんでした」

弥助は今まで口をつけなかった盃の酒をぐいと呷《あお》った。

「手前は、つくづく親不孝な息子ってえわけですよ」

自棄《やけ》になったのか、手酌《じゃく》で、続けて何杯も呑み干した。

「弥助の家はな、長男の弥助が離縁された前妻の子で、次男を生んだ義母《ままはは》と折り合いが悪かったんや」

総十郎は他人の生い立ちまで、やけに詳しかった。

綾之丞は、義母の狐顔を思い浮かべて「ふうん」と気のない返事をした。

「全部、手前が悪かったのです。子供の頃、どうしても『おっかさん』と呼べませんでした。『血を分けた息子のほうが可愛いに決まっている』と勝手にひねくれて十三で家を飛び出したのですが……。独り江戸で暮らす手前を案じておっかさんは、冬には綿入れ、夏には単衣《ひとえ》、四季折々、米や味噌から乾物や漬け物まで、なにくれとなく送ってくれました。当時は、恩着せがましいとか、父の手前、嫌々、送っているのかなどと考えて煩《わずら》わしく思っていたのですが……」

弥助は、深呼吸するように、ゆっくりと息を吐き出した。悪酔いしたらしく、顔色が青くて目が血走っている。

「良い歳になった今になって、おっかさんのありがたみが、よ～くわかりました。これからは恩義に報《むく》おうと楽しみにしておりましたのでございますが……」

同じ義母でも雲泥《うんでい》の差だと思えば、綾之丞の酒は不味《まず》くなった。

「綾之丞の境遇と似てるんちゃうか」

総十郎がしんみりと付け加えた。

「馬鹿を申すな。あの女とはまるで正反対だ。だが……」

子供の頃の弥助の、義母に対する複雑な気持ちだけは痛いほどわかった。

「よし、俺は手伝うぞ。多摩までの道中だけで良いのなら引き受けよう」

考えるより先に、口から言葉が飛び出した。

「ありがとう存じます」

弥助の顔にぱっと赤みが差した。

「わざわざ調べてくださいとまでは申しません。心に留めていただきまして、もしもなにか手がかりがあれば、教えていただきたいと存じます」

背筋を伸ばして座り直した弥助は、床に頭を擦《す》りつけた。

「よう言うた、綾之丞、我がまま坊ちゃんにも、ちゃんと人の情があったんやな」

からかいながら総十郎は弥助と目を合わせた。

「ん？」

ほんの一瞬の動きだったが綾之丞は見逃さなかった。

「ははん、二人して示し合っておったな」

お節介《せっかい》な総十郎が弥助の切なる願いを聞いてやらぬはずがなかった。綾之丞は、己の天の邪鬼《じゃく》な気性を総十郎に突かれたのだと気づいた。

「俺を騙《だま》したな」

二人をぎろりと睨《にら》んだ。

「め、滅相《めっそう》もございません、綾之丞先生」

弥助が気の毒なほど青くなってすがるような目で総十郎を見た。

綾之丞は、こほんと咳払《せきばら》いした。

「武士に二言はない。俺はできるだけのことをするまでだ。そのかわり、今宵《こよい》は存分に呑ませてもらうからな」

猪口に残った酒を呑み干してさらなる鍋の具材と酒のお代わりを要求した。

三

綾之丞は総十郎とともに「甲州裏街道」と呼ばれる青梅街道を多摩へ向かった。行李《こうり》の振り分け荷物を肩に担《かつ》ぎ風呂敷包みを背負って一文字菅笠《すげがさ》をかぶっている。

「長旅でなくとも意外に荷物があるものだな」

枕まで持ち歩かねばならないから大層だった。

携帯用枕の横側は引き出しになっていて硯《すずり》や楊枝《ようじ》入れ、蠟燭《ろうそく》や携帯行灯《あんどん》のほかに財布まで詰め込まれていた。

旅の経験がない綾之丞にはなにもかもが新鮮だった。

石垣だけが残る四谷《よつや》大木戸から石畳の道に踏み込んだ先が内藤新宿だった。

「ここから先は、もうお江戸ではないのだな」

甲州街道最初の宿場・内藤新宿は、日本橋から四里の距離にあった。大木戸の外はもうお江戸ではなく、場末になるのだが、江戸の町並が途切れずに続いているため、実感が湧きにくい土地柄だった。

江戸を出る人・帰る人の送迎の場として賑わっている内藤新宿だったが、行楽ついでに立ち寄る人々の姿も多く見受けられた。

江戸市中に配水される玉川《たまがわ》上水が、宿場町に沿って蕩々《とうとう》と流れているはずだったが、宿場の喧噪《けんそう》に紛《まぎ》れて水音は聞こえてこなかった。

埃《ほこり》っぽい街道を二人は肩を並べて歩いた。

「青梅街道は、内藤新宿の追分《おいわけ》で甲州街道から枝分かれしよる。大菩薩《だいぼさつ》峠を経て甲府《こうふ》の東にある酒折《さかおり》村で、またもとの甲州街道に合流するさかい甲州裏街道とも呼ばれとる。甲州街道をたどるより、二里、短縮できるんやで」

旅が好きなのだろう。総十郎はますます饒舌《じょうぜつ》になった。

「青梅街道ではなく、馬糞《ばふん》街道だな」

綾之丞は、街道の有り様にうんざりした。

青梅街道は材木などの輸送路でもあったため、馬の往来が激しかった。道々、幾度も馬子《まご》とすれ違った。一人の馬子で六十頭もの馬を引いている。

「巳《み》の刻（午前十時頃）を過ぎる頃までに、五百頭ほどもの馬が青梅街道から江戸に入りよる。ほんで未《ひつじ》の刻（午後二時頃）過ぎから夜にかけてまた帰っていきよるんや」

馬だらけで歩くにも難儀するほどだった。

「青梅街道には、萩原口留番所《はぎはらくちどめ》っちゅう、ちっこい関所みたいなもんがあるにはあるんやけど、関所がないっちゅうことで、ぎょうさんの人が青梅街道を利用しよる」

総十郎は、あれこれ説明口調で話しかけた。気が進まぬ綾之丞に比べて足取りも軽かった。

青梅街道に入って寺領の間をしばらく行くと、再びにぎやかな町並みが続いた。このあたりは「近在の江戸」と呼ばれている。

「総十郎は旅慣れているようだな。故郷の上方《かみがた》とは今も行き来しておるのか」

「阿久里がこまいさかい、今は江戸暮らしを続けてるけんど、阿久里が生まれるまで、わいは根なし草やった。諸国武者修行の旅やがな」

「だから、総十郎には名乗れる流派がないのか」

綾之丞は妙に納得した。

「西に優れた剣客《けんきゃく》あれば馳《は》せ参じ、東にさらなる剣客が現れれば教えを乞《こ》いに向かう」など、まるで、剣の腕がものをいった遠い時代の兵法者《へいほうしゃ》ではないかと。

綾之丞は大いに感心した。

いつだったか、勝小吉《かつこきち》に、『浜松《はままつ》の鰻《うなぎ》や安倍川《あべかわ》餅、丸子《まるこ》宿名物のとろろ汁、尾張《おわり》のきしめんにういろう、伊勢《いせ》のうどんなど、各地の美味《うま》い物を食べ散らかしてきた』と豪語され、羨《うらや》ましかった記憶が、ふつふつと込み上げてきた。

ちなみに小吉は、十五歳で家出して伊勢に参り、二十一歳でも出奔《しゅっぽん》して遠州《えんしゅう》森《もり》の天宮《てんぐう》大明神まで旅をしていた。

(武者修行と美味い物食いならまさに一石二鳥だな)と綾之丞は舌なめずりした。

新宿の追分から順に、角筈《つのはず》、柏木《かしわぎ》、成子《なるこ》へとずんずん歩いた。

(俺も精一郎先生の直心影流に固執せず、真の師を求めて各地を彷徨《さまよ》ってみるか)

晴れた空を見上げながら夢想した。

とはいえ、お蔦に対する思いを遂げてから先の計画だったが……。

神田川に架かる長さ十間《けん》ほどの淀《よど》橋が見えてきた。橋の近くに大きな穀物問屋があって精米用の大きな水車が仕掛けてあった。汗ばんだ身に水車の回る音が涼しく感じられた。

彼方の麦畑では雲雀《ひばり》がさえずっている。

「ところで、総十郎、阿久里に聞いたのだが、おぬしの妻女はいつ頃亡くなったのだ」

「ほんまはわけがあって生き別れになったんや。どこかで元気に生きとるやろ」

総十郎は軽い口ぶりで、他人事のように受け流した。

「ならば阿久里は俺に嘘を申したのか」

「阿久里はなあ。『母親は死んだ』て思うようにしとるらしいわ。他人《ひと》にもそないに言うとるようや」

総十郎の口調にほんの少しだけ陰りが生じた。

水車の音が急に遠く感じられた。

「ところで、その妻女は上方で知り合った女子《おなご》か」

綾之丞は話題を明るい方へ、ぐいとねじ曲げた。

「なんでそないな詮索《せんさく》するねんな。今日の綾之丞は変やで」

「いや、なんとなく、お蔦のような京女かと思っただけだ」

うっかり口にしたお蔦の名が藪蛇《やぶへび》になってしまった。

「綾之丞はんは、お蔦はんにぞっこんやさかいな～」

総十郎に逆襲されて頬《ほお》がかっと熱くなった。

「誰が、そのような与太《よた》を申した」

「大家の磯次親分はん以下、店子《たなこ》はみ～んな知ってるで～」

「ま、まさか」

「おー、図星やったんかいな。まあ安心せんかい。お蔦は洟垂《はなた》れ小僧なんぞ、端《はな》から眼中にあらへんで。弟か、そこいらの犬猫の類《たぐい》くらいには可愛いて思てるやろけどな。がはははは」

総十郎の指摘に綾之丞は、霧里花魁《きりさとおいらん》が猫可愛がりしていた狆《ちん》の、男と見ればきゃんきゃん吠え立てる小憎らしい顔を思い浮かべた。

「俺は女にとって愛玩《あいがん》動物だと申すのか。俺を愚弄《ぐろう》するとは良い度胸だ」

憤慨《ふんがい》しながらも、案外、的を射ている気がして悔《くや》しくなった。

「確かにお蔦は良い女だが、しょせん下賤な常磐津《ときわづ》の師匠にすぎぬ。男相手になにを教えておるやら。そのような女にこの俺さまが惚《ほ》れるはずがない」

強い口調で打ち消した。

「市井《しせい》の暮らしを味わってみるのも悪くなかろうと気紛《きまぐ》れに借りてやった磯次店だったが、存外、気に入ったゆえ居てやっておるだけだ。土佐井先生に借りた金子《きんす》を返したのちは、剣客として名をなせるよう武者修行の旅に出ると心に決めておる」

語尾に力を込めて言いきった。

「ぐはは。武者修行てわいの真似かいな。綾之丞はいつから猿になってんな」

総十郎は手を叩いて愉快そうに大笑いした。

「この糞親父《くそおやじ》！　今日こそ玉心流骨法《ぎょくしんりゅうこっぽう》の餌食《えじき》にしてくれる」

総十郎の胸板めがけ、綾之丞は鋭い突きを放った。

「たいした威力やの〜」

体さばきでするりとかわした総十郎は、旅籠《はたご》が続く街道をばたばたと走り出した。

綾之丞も跡を追う。

道の彼方には緑成す田地がどこまでも広がっていた。

急がずともよい旅だったが、めざす小川宿には、随分、早く到着しそうだった。

まだ日が高いうちに、江戸と青梅の中間にあたる小川宿に足を踏み入れた。

「百年ほど前は、荒れ野が続いていたそうやが、今やと信じられへんな」

総十郎は、街道沿いにずらりと長く続く町並みを感慨深そうに見渡した。

小川の地は「逃げ水の里」と呼ばれて青梅街道最大の難所だったが、玉川上水から分水された水路のおかげで新田が開拓された。

今では、街道沿いに立派な門構えの屋敷がずらりと立ち並ぶほどの繁栄《はんえい》ぶりである。

白く乾ききった道に街道沿いの店々が水を撒《ま》く。撒く先からまた乾いていく鼬《いたち》ごっこが繰り返されている様子は、江戸の町となんら変わらなかった。

「もうし、お泊まりかえ」

通りに立って宿の客引きをする「留《と》め女」が是が非でも客を引き込もうとする。どの留め女も顔を真っ白に塗りたくってお面のようだった。

「なんだ、この化け物どもは……。吉原《よしわら》の羅生門河岸《らしょうもんがし》も顔負けではないか」

綾之丞は呆《あき》れた。

最下級の女郎屋が並んだ東河岸は、羅生門河岸の異名があった。女郎が客の髷《まげ》や腕をつかんで無理矢理、見世に引っ張り上げる手荒な客引きで有名である。

「やっとる、やっとる、いつ見ても逞《たくま》しいもんや。ほれ、あの荒技を見てみ」

旅籠にとって団体客は美味しい。

留め女たちは手ぐすねを引いて待ち構えていた。

羆《ひぐま》のような大女が、一行の中で一番、力が弱そうな客に狙いを定め、腕をぐいとつかんで宿のうちに引きずり込んだ。

一人が入れば仕方がないとばかりに、残りの客も、ぞろぞろ連なって宿に入っていった。

「浅ましい客引きがおる宿が、まともなはずはない。もっとましな宿を探そう」

ともすれば留め女に捕まりそうな総十郎を促《うなが》し、綾之丞は、寄らば斬るぞとばかりに留め女を威嚇《いかく》しながらどんどん歩を進めた。

南北に長く続く宿場の中ほどまでやってきた。

「いらっしゃいませ、お泊まりなせえまし」

小綺麗で楚々《そそ》とした女が、少し訛《なま》った言葉で声をかけてきた。白粉《おしろい》の薄さも好ましくてほかの宿のような強引さがなかった。

「な、綾之丞、この宿は、どうや」

総十郎が足を止めた。

鄙《ひな》びた宿の柱には「丸金《まるかね》」と記された掛け行燈が掛かっていた。古びているものの、風雪に耐えた立派な造りの旅籠だった。

「大した宿ではなさそうだが、物見遊山《ものみゆさん》で来ているわけではない。この程度で我慢してやるか」

総十郎に向かってこくりと頷《うなず》いた。

小女に足を濯《すす》がせてから二人は宿に上がった。

宿の内には広い庭園があって田舎の旅籠にしては風雅だった。

「こちらでございますよ」

案内された部屋は二階の隅の六畳間だったが、じめじめして幽霊か座敷童でも出そうな雰囲気だった。

「ほかにもっと良い部屋はないのか。こましな旅籠と思うたから、泊まると決めてやったのだぞ。なんだ、この部屋は。黴《かび》臭くていかん。部屋を変えろ」

案内した女中に、さっそく文句をたれた。

「相済みませんねえ、あいにく今日はどの部屋も塞《ふさ》がっておりましてね」

女将らしき妖艶《ようえん》な女が現れて敷居の前で手をついた。

「まあ、ええやないけ。どうせ寝るだけや」

総十郎が旅装《りょそう》を解き始めたため、面倒になった綾之丞は渋々、口をつぐんだ。

「お風呂が沸いておりますから、お食事の用意ができますまでにどうぞ」

女将の勧めで綾之丞だけ風呂に向かった。

風呂は檜《ひのき》の香りのする良い風呂だった。

宿の浴衣に着替えて機嫌良く部屋に戻ったのだが……。

「なんだ、この者たちは」

部屋の中には、荷物の番をしていた総十郎以外にみすぼらしい親子連れがいた。

「女将がやってきて相部屋を頼みよったんや。相部屋を断って子連れで野宿させるっちゅうのは可哀想《かわいそう》やと思うてな」

総十郎はへらへらしながら頭を掻《か》いた。

親子は、巡礼姿で米銭を請《こ》い歩く「六十六部《ろくじゅうろくぶ》」だった。いかにも田舎臭い貧相《ひんそう》な身なりで、離れていても臭ってきそうだった。

「物乞《ご》いの身なら木賃宿《きちんやど》で十分だろうが。いや、野宿も慣れておろうが。俺は嫌だ。我慢できぬ。女将にかけ合ってくる」

綾之丞が息巻いていると、当の女将が、女中とともに食事を運んできた。

「なんとか堪《こら》えてくださいませ。代わりにと申してはなんですがね」

女将は綾之丞にすり寄って声を落とした。

「近くで手慰《なぐさ》みをしてるんですよ。楽しくお遊びになったあとにお酒でも召し上がってお休みになるのは、どうですね。戻られる頃にゃ、親子は寝入っていましょうし」

「寝るだけなら相部屋でも支障ないと申すか。やむをえん。我慢してやる」

渋々ながらも納得した綾之丞は、出された食事を大急ぎでかき込み始めた。

膳には、鴨《かも》のたたきが入った澄まし汁、白飯、いんげんと焼き豆腐の煮物に、鰻《うなぎ》の蒲《かば》焼き、梅干と得体の知れぬ山菜の佃《つく》煮《だ》などが載せられていた。

「田舎で美味いものなどないとわかっておるが、この味つけはなかろう」

文句を言いながら料理をぺろりと平らげて飯のお代わりを連発した。

「おい、綾之丞、博打《ばくち》に遣《つか》う金なんか、持ってへんやろが」

鰻の蒲焼きをほおばりながら、総十郎が意見した。

「金がないからこそ増やすのだ。路銀《ろぎん》として預かった金があるではないか」

早々に食い終わった綾之丞は、浴衣から小袖に着替えて着流し姿になり、大刀だけを落とし差しにした。

「すってんてんになったかて、わいは知らんで～」

毒づく総十郎を残して部屋を出た。

「こちらでございますよ」

提灯《ちょうちん》を手にした女将は、街道からひと筋入った裏通りへと案内した。

賭場《とば》は、光琳寺《こうりんじ》という大きな寺の本堂で開かれていた。

「幸蔵《こうぞう》親分が開いてなさる賭場ですからねえ。安心してゆっくり遊んでいってくださいよ」

女将の話によれば、「小川の幸蔵」は宿場一の顔役で、五十人あまりの子分を抱えて宿場役人も恐れる大親分だという。

「なるほど、たいしたものだな」

境内には篝火《かがりび》が明々と焚《た》かれ、幾人もの男たちがうろついていたが、見張り番といった様子ではなかった。

江戸市中の賭場のように、夜目が利く子分が見まわって捕方が来れば大慌《あわ》てで逃げるような緊迫感はまったくなかった。

「このようにおおっぴらに賭場を開いておるとは、さすが墨引きの外は違うな」

江戸の博打場はどこも密かに催されていた。

武家屋敷の中間部屋《ちゅうげん》であったり、さびれた寺であったりしたが、お上の目を逃れてこそこそと開かれていた。

（博打場と言えば……）

賭場つながりで、初めて人を斬った苦々しい記憶が脳裏《のうり》に蘇《よみがえ》った。

十五のおり、小吉に頼んで、高井《たかい》土佐守《とさのかみ》下屋敷の中間部屋で開かれた賭場に連れていってもらった。

遊び慣れているうえに博打に恬淡《てんたん》な小吉は、手持ちの金がなくなるとあっさり引き揚げてしまったが、綾之丞は負けを取り戻そうと意地になった。

あまりに負けが続いたために賽《さい》を疑って壺振りと口論になった。

『賭場荒らしでえ』と殺気だった渡り中間どもが、銘々、長脇差を手にして襲いかかってきた。

喧嘩《けんか》には慣れていたが、命のやり取りは初めてだった。夢中で剣を振るううちに、いつの間にか渡り中間を一人、斬り殺していた。

（今では笑い話だが、急に目の前がすっと暗くなって視野が狭くなったのには驚いたものだ。大勢の敵相手に、よくぞ無事、斬り抜けられたものだ）

技もへったくれもなくて腰が引けたまま、ただ剣を振りまわしていたのだろう。

当時の我が姿を思い浮かべると、恥ずかしさに苦笑するしかなかった。

「お客人、どうぞお上がりになってくだせえ」

境内にいた三下《さんした》の言葉に黙って頷《うなず》き、階《きざはし》を上って本堂の扉を開いた。

賭場は盛況で、旅人のほかに、地元の百姓らしき男たちの姿が目立った。

盆茣蓙《ぼんござ》が敷かれ、さまざまな身なりの客たちが、半座と丁座に分かれて座っている。

壺振りは女だったが、距離があるために顔は定かに見えなかった。

「さあ、張るべ、張るべ。張って悪いは親父の頭、張らなきゃ食えない提灯屋」

親分を代行する中盆が半座に座し、威勢の良い声で口上を述べて客に賭《か》けるよう促していた。

「勝負」

中盆のかけ声で壺振りが賽子《さいころ》を壺に入れて伏せた。大勢の男たちが目をぎらぎらと光らせながら一点を凝視する。

綾之丞は、一瞬、静まった本堂に足を踏み入れた。

ゆらゆら揺らめく蠟燭の光が、女壺振りの影を妖《あや》しく映し出している。

女が壺を上げた。

「四六の丁」

中盆が賽の目を判定した。

一座の客たちがどよめく。

つづいてコマ札が盆茣蓙の上を行き交った。

（どうして、ここにお蔦がいるのだ）

灯火《とうか》に照らされた女壺振りの横顔を見て綾之丞は息を呑んだ。身体が硬直する。

（そのようなはずはない）

目を擦《こす》ってもう一度良く確認した。

瓜《うり》二つとはいえ全体の印象から見て女壺振りはお蔦よりだいぶ薹《とう》が立っていた。

「どっちも、どっちも」

次の勝負のために、中盆がドスの利いた声で呼ばわった。

「おい、あの女は？」

懐から取り出した銭をコマ札に交換しながら、さりげなく三下に尋ねた。

「小股の切れ上がった良い女だべ。『曼珠沙華《まんじゆしやげ》のお蝶《ちよう》』ちゅう通り名の女渡世人べ。うちに草鞋《わらじ》を脱いでひと月くれえべ」

男は舌なめずりするような顔つきでお蝶に目をやりながら、自慢げに答えた。

「ふうん、蝶という名か。鄙《ひな》にも良い女はいるのだな」

綾之丞は尖《とが》り気味の頬をつるりと撫《な》でた。

お蝶は、黙阿弥《もくあみ》の『小袖曾我薊色縫《こそでそがあざみのいろぬい》』にある「小股の切れ上がった、水気たっぷりという銘婦人」そのものの年増《としま》女だった。

中盆と話すお蝶の声に耳を傾けたところ、京訛《なま》りなど欠片《かけら》もなく、生粋《きっすい》の江戸っ子といった歯切れの良い物言いだった。笑い方もはすっぱでお蔦とはまるで違う。

お蔦には品の良さがあったが、お蝶は根っからの莫連《ばくれん》女らしかった。

(他人の空似らしいが、まるで姉妹のようによく似ておる)

気が散って賽の目に集中できなかった。

「今夜の俺にツキはない」

小刻みに賭けて粘ったものの結果は無情だった。路銀として持ち合わせた懐の二朱はすべて潰《つい》えてしまった。

「やむをえん。店じまいとするか」

お蝶に後ろ髪を引かれつつ、渋々、賭場を後にした。

綾之丞が宿に戻ると、旅籠のうちは死んだように静まり返っていた。

二階の部屋の襖《ふすま》をそっと開けると、六十六部親子はすでに白河夜船《しらかわよふね》だった。

総十郎の姿はなく、布団は畳まれたままだった。

隣の三畳の部屋から、大きな鼾《いびき》が襖越しに響いてくる。

敷居を跨《また》いで部屋に入ろうとしたとき、総十郎が、暗い廊下を盗人のように抜き足差し足で戻ってきた。

「おい、総十郎」

綾之丞は、廊下の真ん中に立ちはだかった。

「俺に『賭場に行くな』と申したくせに、てめえはどこへ行っておったのだ。飯盛女《めしもりおんな》を買うておったな」

と嚙《か》みつくように決めつけた。

宿場には飯盛女と称する遊女がつきものだった。

飯盛女を置かない旅籠を「平旅籠《ひら》」といって区別するくらいにどの旅籠にも飯盛女がいた。中には、旅籠の看板を掲げながら旅人を泊めない、まるきり遊女屋の体《てい》をした店もあるほどだった。

「あほ、そないなとこに行くかいな」

総十郎は惚《とぼ》けたが、落ち着かぬそぶりが図星《ずぼし》の証《あかし》だった。

「な、綾之丞、勝手に想像するんはええけど、阿久里に妙なこと、吹き込んだら承知せえへんからな」

総十郎は半ば真剣に、半ば冗談めかして片目をつぶった。

「男やもめを通しておるのだ。旅先で多少、羽目《はめ》を外したとて悪いとは言わぬ」

綾之丞は、わざと、理解を示す言葉を投げかけてみた。

「あはは、一丁前《いっちょうまえ》なこと言うてからに。白状させようっちゅうても、わいはその手には乗らへんで～。ほんまに、そこらへんをぶらついてただけやがな。女好きなおんどれと一緒にせんといてんか、あ～あほくさ」

総十郎は、綾之丞の脇をすり抜けて部屋に入ると、さっさと浴衣に着替えて布団の上にごろりと横になった。

二人の言い争いにも、六十六部親子が目を覚ます気配はなかった。

小太りで色黒な親父はときおり、ぎりぎりと歯軋《ぎし》りをし、しなびた猿のような十歳前後の息子は、ずびずびと不快な音を立てて鼻提灯を膨《ふく》らませたり縮めたりしていた。

隣の部屋からも相変わらず鼾《いびき》が聞こえてくる。

綾之丞も浴衣に着替えて煎餅《せんべい》布団に横になり、薄い夜着を羽織った。

どのような客が使ったともしれぬ古ぼけた夜具は触れるだけでも不快で、蚤《のみ》や虱《しらみ》を危惧すると、途端に身体のあちこちが痒《かゆ》くなった。

「早よ寝なあかんのに、枕が変わると、あかんわ」

もぞもぞしていた総十郎も、いつの間にやら、すやすやと心地よさそうな寝息を立て始めた。

己《おのれ》独り目が冴《さ》えていると思うと腹が立った。寝返りを打つと、風の動きで厠《かわや》の臭気がつんと鼻を刺した。

（いよいよ、眠れぬ）

厠に行こうと床を離れかけたとき、隣の部屋から、なにかが激しく壁にぶつかる音がした。続いて男の悲鳴や、多数がばたばたと動きまわる足音が聞こえた。

綾之丞は、枕部に置いた愛刀「関《せき》の孫六兼元《まごろくかねもと》」をつかんで身構えた。

「なんやいな、五月蝿《うるそ》うて寝られへんがな」

総十郎が寝ぼけた声で、むくりと起き上がった。

ばーん。

隣の部屋との間を隔てる襖が踏み倒された。

「うぎゃあー！」

隣の客が絶叫しながら、襖とともにばたりと倒れてきた。

客は白目を剝《む》いてすでに絶命していた。

続いて四個の黒い影が怒濤《どとう》のごとく雪崩《なだ》れ込んできた。

四人の賊は、尻を端折《ぱしょ》って頬かぶりをし、手には思い思いの刃物をちらつかせている。

「さては押し込みか。成敗《せいばい》してくれる」

勇み立った綾之丞は、関の孫六兼元をすらりと抜き放った。

「綾之丞はんに任せまっせ～」

総十郎は大刀を左手につかんでいたが、まだ抜刀《ばっとう》していなかった。

「ひえええ、お、お助けを！」

騒ぎに目を覚ました六十六部親子が、奇声を上げながら右往左往して守宮《やもり》のように壁際にへばり付いた。

「色男、どうせ刀はなまくらだべ。後ろの浪人みてえに大人しくすっこんどるべ」

賊は武家二人の姿に怯《ひる》む素振りはなかった。長脇差、短刀を手にし、下卑《げび》た笑いを浮かべながら、ゆっくりと迫ってきた。

人殺しに慣れた手合いらしかった。構え方は流儀もへったくれもなかったが、腰の入れ方には、修羅場《しゅらば》を何度もくぐり抜けてきた凄《すご》みが感じられた。

「今どきの二本差しは、腰抜けばかりだべ。どうせ、おめえも人を斬ったことなんぞねえお上品な棒振り剣法べよ」

低く腰を落とした賊は、刃を煌《きら》めかせながらずいずいと間合を詰めてきた。

「俺を甘く見るな」

正面三尺あまりの間合に踏み込むや、綾之丞は先頭の男の首を刎《は》ねた。

首は、にやにや笑いを張り付かせたまま宙を飛んだ。鞠《まり》のように柱にぶつかると畳の上をころころと転がった。

男の胴が巨木のようにどうっと仰《あお》向けに倒れる。

血の臭いがあたりに立ち込めた。

「やりやがったべ。小僧と侮《あなど》って油断しとったが、今度はそうはいかんべ」

巨漢の賊が、怯むことなく長脇差で撃ち込んできた。

タアッ！

鋭い気合とともに、綾之丞は右に跳んだ。

背後で、胴を真っ二つに切断された大男の肉塊が、二度、鈍い音を立てて畳の上に落下した。血と糞尿の臭いが部屋に広がった。

「兄貴、強《つえ》えべ」

「こうなりゃ、破れかぶれだべ」

残る賊たちが二人同時に突きかかってきた。

死に物狂いほど強いものはない。刃が殺到して耳元でひゅっと鳴った。

「面白い」

綾之丞は、ひらりひらりと動いた。

足腰が軽やかに回転する。

遮二無二《しゃにむに》襲いかかる賊を難なくかわす。

「くらえ！」

賊の喉《のど》に大刀を突き立てた。

だが、あいにく手応えは薄かった。

素早く引き戻す。突き技は突く動作よりも引く動作、構えを素早く元になおす動作のほうが大事だった。

もう一度、突いた。

手応えを感じながら、ついで引き抜いた。

賊は三歩歩んだあと、鮮血を派手に噴き出させながら前のめりに倒れた。

最後に残った頭目らしき男も、さすがに怖《お》じけづいて脱兎《だっと》のごとく廊下を走る。階段を駆け下りようとする頭目の背中を逃さず、総十郎が背後から逆袈裟《けさ》に斬った。頭目はそのまま階段を転げ落ちてぴくりとも動かなくなった。

息をひそめていた別の部屋の客たちが、恐る恐る障子《しょうじ》を開けて廊下に顔を見せた。

宿の男が一人、階段を駆け上がってきたが、大声を上げながら、すぐまた転げ落ちるように降りていった。階下で蜂の巣を突いたような騒ぎが起こって二階にまで喧噪《けんそう》が響いてきた。

「気の毒になあ、殺されはった男はんは、蚕紙《さんし》（蚕の卵を産みつけさせた紙）の仲買いをしてはる『蚕紙商い』やったそうどすがな」

六十六部の親父が、商人《あきんど》の遺体をこわごわ覗《のぞ》き込みながら、誰に向かってでもなく語り始めた。

意外にも、お蔦を思い出させる京言葉だった。

「異国への商いで、えらい儲《もう》かるそうやおへんか。生糸《きいと》が御禁制やさかい蚕種を売るて、上手い抜け道どすなあ。さぞかしぎょうさんの金子を持ってはったんどすやろなあ。押し込みかて、相手をよう見て狙《ねろ》たんどっしゃろなあ」

六十六部の口から出た、はんなりした京言葉は、無意味にまわりくどくて嫌みたらしかった。

お蔦と同じ京言葉である点が余計に汚らわしく感じられる。苛立《いらだ》った綾之丞が、

「五月蠅い。黙らんか」

と叱りつけようとしたとき。

「えらいことでしたなあ。近頃は物騒《ぶっそう》な御時世で……」

女将が、急ぐふうもなくしゃなしゃなと二階に上がってきた。

「遅いぞ。他人前《ひとまえ》に出るために身なりを整え、寝乱れた髪まで直しておったのか」

綾之丞は、女将に嫌みを言ったが無視された。

「皆さん、お静かに。これからあたしが宿場役人さんのところまで事件を知らせてきますから、落ち着いてくださいよ」

女将は、客たちに向かって甲高《かんだか》い声を張り上げた。

「女将さん、二階はどうなってるべ」

恐る恐るといった様子で、女中たちがぞろぞろ階段を上がってきた。年増女たちばかりの中で、一人だけ、童《わらべ》かと思うような幼い顔をした女中が、

「賊は、この前の奴らべ。これでもう安心だべ」

と口走った。

「おい、小娘。この前の奴らとはどういう意味だ」

綾之丞は耳ざとく聞き咎《とが》めた。

「あら、あら、清《きよ》、なにを言ってるんだい」

女将が笑いながら口を挟んだが、目だけ笑っていなかった。

「黙れ、女将に訊《き》いてはおらぬ。清と申す娘に訊いておる」

綾之丞は女将を睨《にら》みつけて黙らせた。

お清は女将の顔色をうかがいながらも、おずおずと語り始めた。

「一月《ひとつき》ほど前にも賊が押し入ったべ。年寄り夫婦が殺されちまってよ。おら、三月前からここで働いてるだども、思い出すだけで怖くってよ。お武家さんがたが退治てくれたから、もう安心だべ」

山出し女といった印象の女中は、興奮した様子で紅い頰をさらに紅くした。

「もう、清ったら、仕方ない子だねえ。押し込みが何度も入ったなんて噂《うわさ》が広まったら、旅籠が潰《つぶ》れちまうじゃないか」

女将は大きな溜息《ためいき》を吐いて自堕落《じだらく》にはだけた襟《えり》元を掻き合わせた。

「なんでも下諏訪宿から江戸に向かう途中の老夫婦でしたよ。道中手形まで根こそぎ賊が奪っていったもので身元が一向にわかりませんでね。光琳寺さんに頼んで葬《ほうむ》ってもらったってわけですよ」

女将は乱れてもいない鬢《びん》を、艶《つや》っぽい仕《し》草《ぐさ》で撫でつけた。

「下諏訪宿から来た老夫婦となれば、弥助の親に間違いない」

綾之丞は総十郎と顔を見合わせた。

「どうするべ」

「そげんこつ、言《ゆ》うてもなあ」

「どないしまひょか」

泊まり客たちが、それぞれのお国言葉丸出しで、がやがや言い合っていたが、

「お客さんたち、お役人が来られるまで一階の座敷で待っていてくださいよ」

という女将の言葉に、どやどやと階下に降りていった。

「なあ、綾之丞」

総十郎は、綾之丞にそっと耳打ちした。

「宿場役人ちゅうても、百姓やさかいな。検分だけでなんもできへん。追捕《ついぶ》のためには八州《はっしゅう》廻りを呼ぶことになる。八州廻りが来るには、早《はよ》うても数日はかかる

わな。八州廻りが、偶然、隣村に来てるっちゅうこともありえるけんど、なかなかそないな旨《うま》いわけあらへんしな。いったい何日かかるこっちゃわからんで」

「悠長《ゆうちょう》に足止めをくらうのは真《ま》っ平《ぴら》だな。ともかくここに長居しては面倒だ」

夜明けにはまだ間があったが、綾之丞と総十郎は早々に身支度《じたく》を終え、混乱に乗じて密かに旅籠・丸金を後にした。

二人は、欅《けやき》並木が続く宿場町の通りを西に向かった。

家々の明かりは消えてひっそりとしていたが、どこからかわずかな物音が響いてくる。

旅籠の掛け行燈や箱看板の明かりが、中にいる人々の息遣いを感じさせた。

小川宿の西端にあたる上宿まで来ると、小川寺《しょうせん》という寺と小平《こだいら》神明宮という神社が、街道を挟んで向き合って建っていた。

「夜道は難儀だ。ここいらでひと息ついて夜明けとともに出発するとするか」

小川寺仁王門の苔《こけ》むした十段足らずの石段を上ると、手挟んでいた差料を抜いて傍《かたわ》らに置き、最上段にどっかと腰を下ろした。

あたりは、しんと静まり返っていた。二人してごろりと仰向けに寝転べば、内側から火照《ほて》った体に石の冷たさが心地良かった。

満天の星が、今にも降り注《そそ》ぐようにきらきらと瞬《またた》いている。

汗が引いた身体を夜風が撫でる。寒気を感じた綾之丞は、身を起こして二の腕をさすった。

黒々とした木々の枝が、ざわざわと音を立てて蠢《うごめ》いた。

「最悪の結果が残念だ」

弥助の落胆《らくたん》を思いやれば心が沈んだ。

「言うてもしょうがあらへんがな。確かに気の毒やったけど、遺骨を江戸に連れて帰ったって供養《くよう》もできるんやさかい、このままずっと行き方知れずずっちゅう結果よりは良かったがな」

一つ吐息《といき》をついた総十郎は、山門の上に懸かる細い月を眺めた。

「……人は必ず死ぬもんや。ちょっとばかし遅いか早いかの違いや」

己に言い聞かせるように、ぽつりとつぶやいた。

綾之丞は、がさつ一辺倒だと信じていた総十郎の、意外に繊細な一面に触れた気がした。

「ははは、斬っても死なぬふうな総十郎の言葉とは思えぬな」

闇《やみ》の中に、綾之丞の乾いた笑い声が吸い込まれると、たちまちあたりに静寂が戻った。

カラン、コロン、カラン、コロン。

人通りの途絶えた街道を、彼方から、女のものらしい下駄の足音が響いてきた。

「下駄っちゅうもんは、鼻緒の長さに長短をつけて、右左で違《ちゃ》う音が出るよう作ったるそうや。江戸でも上方でも同じ作り方やが、諸国どこでも同じやろかいな」

総十郎がくだらない話をするうちに、カラン、コロンという音はどんどん近付いてきた。

「お武家さんたち、ずいぶん探しましたよ」

ほの暗い御神灯《ごしんとう》に照らされて立っていたのは、懐手《ふところで》をしたお蝶だった。

黒襟に格子《こうし》の小袖《そで》が婀娜《あだ》っぽく、日和《ひより》下駄を履《は》いた足の指が夜目にも白く浮き立っていた。

「笹」と呼ばれる、蒼《あお》く濃く塗られた厚紅が艶やかに光っている。

「賭場で壺振りをしていた女子《おなご》だ。お蔦とよう似ておろう」

小声で総十郎に告げた。

「そない言うたら、似てるかいな」

総十郎は横目でちらりと一瞥《べつ》したが、寝転んだまま起き上がろうとしなかった。

お蝶は、下駄の音も小気味よく、なれなれしい素振りで近寄ってきた。

「女壺振り風情《ふぜい》が、俺たちになんの用だ。金はもうないゆえ、博打の誘いなら無駄足だ」

お蝶を追い払うべく、できるだけ素《そ》っ気《け》なく答えた。

「別の話でござんすよ。実は、あの丸金って旅籠は幸蔵親分さんの情婦《いろ》が女将でしてねえ。親分さんとあたしは博打場から駆けつけて、ことの次第を聞いたんですよ」

お蝶は、睫毛《まつげ》の濃い切れ長な目で綾之丞を見つめた。

「幸蔵親分さんは『ぜひとも御礼をしたいので、うちに来ていただけ』っておっしゃってますよ。いかがでござんしょうかねえ。まだまだ夜は明けやしませんよ。こんなところで夜露《よつゆ》をしのぐより、……ねえ」

お蝶は、ほつれ毛を掻き上げ、睨むような流し目で迫った。

「なるほど、そういうことか」

綾之丞は警戒を解いた。

先ほど賭場で路銀を巻き上げられたから、いくばくかの礼金でも包んでもらえればありがたい。拒む理由はなかった。

「そちらのお連れさまも、どうぞ」

お蝶は肩越しに振り向いて総十郎に目をやった。

「大親分はんから直々の挨拶を受けるのも面倒くさいし、わいはここで夜明かしするわ」

日頃、人付き合いの良い総十郎が、意外にも、すげなく断った。

「じゃあ、お若いお武家さまだけでもお越しくださいな。さあ、参りましょうか」

お蝶は総十郎に無理強《じ》いせずにあっさりと踵《きびす》を返した。

「では、総十郎、夜明け前には戻るゆえ、ここで待っておれ」

お蝶の案内で街道を戻り始めた。

「まだ名乗っておらなかったな。拙者《せっしゃ》は一色綾之丞と申す」

綾之丞の言にお蝶はにっこり微笑《ほほえ》んだ。

綺麗に並んだ小ぶりな歯が白く輝いた。

「すぐそこですよ、綾之丞さま」

お蝶の大きく抜いた襟から、真珠のような輝きを放つ背中がのぞいている。

「色気を振り撒《ま》けば良いというものではない。汚らわしい」

牽制《けんせい》の言葉を投げかけたが、お蝶は聞こえぬふりをした。

四

街道沿いにある幸蔵の屋敷は、どっしりと大地に根付いた風格のある造りだった。防火樹として植えられた白樫《しらかし》の屋敷林がぐるりを巡っている。

「先祖代々の屋敷というより、あくどい稼業《かぎょう》で手に入れたってことか」

綾之丞は毒づきながら、広々とした敷地に聳《そび》える藁屋根の黒い輪郭《りんかく》を見上げた。

背後にある巨大な蔵が、まるで威嚇《いかく》するように黒々とした姿を誇っていた。

仰々《ぎょうぎょう》しい刺又《さすまた》や提灯《ちょうちん》が並べられた広い土間を抜けて、大きな神棚のしつらえられた十畳の間に通された。

「蝶、このお方かえ」

痘痕面《あばたづら》をした大男が、鉄瓶《てつびん》の掛かった長火鉢《ながひばち》の前にでんと座っていた。

「さ、さ、綾之丞さま、ここに座っておくんなさいな」

とお蝶が席を勧めた。

腰から差料を外して幸蔵の前にどっかと胡座《あぐら》をかいた。

「お世話になりやした。あの旅籠《はたご》にゃ何度も押し込みがありやして難儀してたんでさあ。すっきり退治てくだすって先生にゃなんと御礼を申してよいやら……」

幸蔵は、まともに綾之丞を見ることもなく、煙管《きせる》を口にくわえたまま顎《あご》でしゃくった。

この時世、武士を武士とも思わぬ手合いは多い。

「若造だと、侮《あなど》っておるのか」

差料をつかむや、座を蹴って立ち上がろうとした。

「まあまあ、ちょっと待っておくんなさいましな」

お蝶は、綾之丞の袴《はかま》の裾《すそ》にすがらんばかりにした。

瞳に必死の色が滲《にじ》んでいる。

「すみませんねえ、幸蔵親分さんは無愛想な人なんですよ。でも、ほんとは、ずいぶんと感謝なすってるんです。親分さんは御取締筋の御用を務めておられますからねえ。『この小川の宿を、賊に良いように荒らされちゃあ〈悪事見分〉のお役目がら、どうにも示しがつかねえ』ってほとほと難儀しなすってたんですよ」

女に泣きつかれては弱い。出鼻を挫《くじ》かれた気がしてしぶしぶ腰を下ろした。

安堵《あんど》の笑みを浮かべたお蝶は、長火鉢に掛かった鉄瓶から急須《きゅうす》に湯を注《つ》いで綾之丞に茶を勧めた。

　銘茶らしい馥郁《ふくいく》とした香りが、綾之丞を落ち着かせた。

（短気は損気という。せっかく来たのだ。やはり礼金くらいもらって帰らねばな）

　武士としての面子《めんつ》ばかりにこだわるのは、時世に取り残された、融通《ゆうずう》の利《き》かぬ阿呆《あほう》でしかないと割りきることにした。

「先生、うちでしばらく逗留《とうりゅう》されるってのは、いかがなもんでしょうか」

　幸蔵はせっかちなのか、すぐさま本題を持ち出した。

「それは拙者《せっしゃ》を博徒《ばくと》の用心棒に雇うということか」

　綾之丞は、もったいぶって咳《せき》払いしながら重々しい口調で尋ねた。

「先生、御礼はたんと弾みますよ。五十人いる、うちの子分連中にヤットウの稽古をつけてやっておくんなさい。ねえ、先生」

　胡座をかいた鼻を蠢《うごめ》かしながら、幸蔵は「五十人」の一語に力を込めた。子分を多数束《たば》ねている大親分ぶりが自慢らしかった。

　幸蔵は、お蝶のほうにひょいと顔を向けて、

「うちに道場を作るってえのもいいよな」

　と同意を求めた。

二人はできているらしく、お蝶に対する声は甘えるような響きを帯びていた。

「こんな片田舎で、この俺さまに、無宿人ども相手の撃剣師匠をやれと申すか。用心棒の話といい、安く見られたものだ」

「とんでもねえ、先生の腕を見込んでのこった」

幸蔵は慌《あわ》てた顔で大仰《おおぎょう》に打ち消した。

「綾之丞さま、親分は豪気なお方ですよ。悪いようにはなさいませんよ」

お蝶が、幸蔵に媚《こ》びを売るように口を挟むと、幸蔵が、我が意を得たりというふうに鷹揚《おうよう》に頷《うなず》いた。

二人に阿吽《あうん》の呼吸を見せつけられた綾之丞は、説明のつかぬ奇妙な苛立《いらだ》ちを感じた。

「用心棒など断る。帰るぞ」

孫六兼元を手にして今度こそ、すっくと立ち上がった。

「ま、ま、ゆっくりしていってくだせえよ、先生。今夜は、蝶に相手をさせますから。逗留《とうりゅう》の件は、お気が変わればってえことで結構です。ささ、蝶、先生を奥の座敷にご案内せんか」

幸蔵はよほど綾之丞の腕を見込んでいるらしく、放すものかと懐柔《かいじゅう》にかかった。

「綾之丞さま、固いお話は抜きで……。お酒の用意も調《ととの》ったころですから」

「酒」の一語を聞くや、綾之丞の喉《のど》がごくりと鳴った。


離れに通された綾之丞は、お蝶と二人きりになった。

「こんな土地柄なもので、ろくなものがなくって、すみませんねえ」

幸蔵一家の賄《まかな》い方が調理したものか、出された肴《さかな》は田舎風かつ野卑《やひ》で、宿で出た食事と五十歩百歩だった。甘辛く煮た鰈《かれい》の切り身はどぎつい味つけで、生海苔《のり》の三杯酢は酢の味が立ちすぎていた。

「肴はともかく、酒はまあまあだな」

酒は辛口で上等らしかったが、口にしたためしのない味だった。

「このあたりの地酒なんですけどね、なかなかいけるでしょ」

勧め上手なお蝶に注がれるままに盃を重ねた。小腹が空いていたので、ついでに不味《まず》い料理も綺麗に平らげた。

「綾之丞さんは、あたしみたいな阿婆擦《あばず》れがお嫌いなんでしょ。まともに口を利《き》いてくださらないなんてさあ」

拗《す》ねた口調のお蝶が、上目遣《づか》いに見つめた。

「幸蔵に言い含められて酒色一対でもてなすつもりだろうが見当違いだ。酒も手酌《じゃく》でけっこうだ」

「あらまあ、お堅いこと。お江戸に思うお方でもおありなんですかい。でも黙ってりゃ、ばれやしませんよ」

しどけなく足を崩したお蝶の蹴出《けだ》しの紅さが、ちらちらと目に入った。

(お蔦は、このように、はしたなくない)

注がれた酒を、またしてもぐいと呑み干した。

脇で酌をするお蝶の着崩《きくず》した胸元が目に入った。燐光《りんこう》のような白さが目を射《い》る。火影が作り出した陰影《いんえい》のせいか、俯《うつむ》いた横顔は、憂《うれ》いを含んだ気品さえ感じさせた。酔いがまわれば心の箍《たが》が緩《ゆる》くなる。

(いかん、いかん。いくら似ておっても、お蔦ではないのだ)

お蔦の美点の数々を思い起こして一つ一つお蝶と引き比べれば、たちまち迷いは遠のいた。

(年増《としま》の婀娜《あだ》っぽい美女と見れば見境がなかった過去の俺とは違うのだ)

お蔦の姿を思い浮かべれば、お蝶に指一本、触れる気にならなくなった。

「十分、食ったし呑んだ。俺はもう帰る」

「まだいいじゃござんせんか。ちゃんともてなさなきゃ、あたしが親分に叱られますよ。怖い顔をなさらずに、もう少し気楽になさいませよ」

吐息《といき》まじりに囁《ささや》くお蝶の顔の輪郭《りんかく》が、いつしかぼやけて朧《おぼろ》になっていった。

「どうもおかしい。この程度で酔うとは考えられぬのに」

不審な心持ちになりながらも、意識が、ふわふわと心地よく舞い上がった。

次第に気が遠くなる。

「おや、どうなすったんです、綾之丞さま。酔っちまったんですかい」

お蝶の髪を飾る簪《かんざし》が妖《あや》しく光った。

簪は曼珠沙華《まんじゅしゃげ》の花をかたどった精緻《せいち》な意匠だった。


真っ暗だった目の前が、くるりと円を描くように明るく反転した。

深い水底からいきなり引き上げられた魚のごとく、意識が急激に回復した。

苦しい。

(俺は、いったいどうなったのだ)

誰かの声がした。

不快な、獣《けもの》の唸《うな》り声のようだったが、かろうじて人の声とわかった。

語意を理解する前に、割れるような頭痛を覚えて不覚にも呻《うめ》いた。

腕が、肩が、痛かった。

足元が宙に浮いている——素裸で縛《しば》り上げられて吊《つ》るされていた。

痛みと苦しさが重畳《ちょうじょう》して平静を保とうと腐心《ふしん》する綾之丞を脅《おびや》かした。

ちなみに、江戸町奉行所が行う拷問《ごうもん》は、軽い順に、笞《むち》打ち、石抱《いしだき》、海老《えび》責《ぜめ》、釣《つり》責《ぜめ》の四種で、釣責が一番、過酷な拷問方法だった。

後ろ手に縛《しば》って吊るすだけだったが、見た目より遙かに苦痛が大きく、屈強な男でも一刻《とき》（約二時間）と保たないと言われている。

気づけに頭から水を浴びせられたらしく、顔の輪郭を伝って滴《しずく》が落ちた。

料理に悪い薬が混ぜられていたに違いなかった。

綾之丞はお蝶の顔を忌々《いまいま》しく思い浮かべた。

（ここは、どこだ）

自由が利かない体で首だけ動かしてあたりを見まわした。

薄暗い蔵の中だった。

普段から、折檻《せっかん》や拷問に使われているのか、荷物は片隅に片づけられて中央が広く空いていた。幸蔵の屋敷に入る前に見た不吉な蔵の影は、現実の恐怖となって、今、綾之丞を胎内《たいない》にくわえ込んでいた。

「先生、お目覚めかね」

乱杭歯《らんぐいば》で四角い顔の男が視界に現れ、綾之丞の顎をつかむと強引に上向かせた。

壁にもたれて腕組みをしている幸蔵の姿が霞《かす》む瞳の端に映った。

「もう一人の浪人者にゃ、十人ほど追っ手を差し向けてあらあな。子分どもが引っ捕えておっつけ戻ってくる頃でえ」

幸蔵は唇をにんまりと歪《ゆが》ませた。

(十人とは、総十郎の腕を甘く見たものだ。総十郎なら簡単に斬り伏せてすぐここに斬り込んでくるぞ)

心の内でほくそ笑んだ。

「てめえの正体は、隠密《おんみつ》廻りの手先だべ」

乱杭歯は得意げに決めつけながら、先を簓《ささら》にした竹の棒で、綾之丞の背を打ち据えた。打たれる痛みよりも吊り下げられた体が揺れるほうが辛い。

「十日前に取っ捕まえた新入りの馬子《まご》が、隠密廻りの放った間者《かんじゃ》だったんでえ」

幸蔵が、やおら口を開いた。

「隠密廻りだと……」

八州廻り――関東取締出役の管轄地で隠密廻りの名が出たことが奇異に思えた。

町奉行所所属の同心のうち、盗賊の捕縛《ほばく》や犯罪の探索を担当する、いわゆる「不浄役人」には三種の廻り方同心が存在する。

三廻りには、市中の担当区域を巡回する定町《じょうまち》廻りと、定町廻りを長年務めた者が定町廻りの補佐的な役割を果たす臨時廻りのほか、町奉行直属の隠密として極秘に活動を行う隠密廻りも含まれるのだが、いずれも通常の職務は、町奉行所が管轄《かんかつ》する墨引き線内に限られていた。

「一味の居場所を吐く前に死んじまいやがったが、てめえらが一味だったんだべ。もう一人の浪人者以外にも潜入している奴がおるべ。吐かせてやるべよ」

乱杭歯が憎々しげに口を挟んだ。

「俺たち一家がよ、『入り鉄砲』の抜け道に加担していると、よくぞ調べがついたもんでえ」

幸蔵は手にした煙管《きせる》の煙草《たばこ》を、ゆっくりと味わうように吹かした。

諸国は、江戸表に武器や御禁制の品を密かに運び込んでいる。関所がない青梅街道が抜け道に利用されているという噂《うわさ》が前々からあった。

「まあ、この際、間者かどうかは、どっちだっていいやな」

中空に漂う煙を見つめながら、幸蔵は、蛇のように底光りする眼をすうっと細めた。

「綾之丞、おめえが間者でねえとすりゃ、わかるように教えてやるぜ」

抑えていた感情を爆発させるかのように、幸蔵の言葉に激情がこもり、声が大きく、早口になった。

「丸金に押し入った賊は俺っちの子分だ。丸金はなあ、目星しい鴨《かも》が葱《ねぎ》をしょって迷い込むと絞めちまうってえ蟻《あり》地獄なんでえ。綾之丞、てめえは可愛い四人の子分どもの仇《かたき》だからよ。じっくり嬲《なぶ》るだけ嬲って引導を渡してやらあ」

血走った目で睨《ね》めつけた。

「己《おのれ》の息のかかった宿で、やりたい放題というからくりだったのか」

墨引きを一歩でも出れば、お上の御威光も届かぬ無法地帯なのだと今さらながら思い知らされた。

弥助の両親の真の仇は幸蔵だったのだ。

「許せぬ。俺の手で必ず叩き斬る」

幸蔵の目を射返すように睨《にら》みすえた。

「格好《かっこう》つけてんじゃゃねえやい。てめえがまな板の鯉《こい》のくせしやがってよ」

幸蔵は、綾之丞の黒髪を鷲《わし》づかみして顔を近づけた。

濁《にご》った瞳に、綾之丞の眉根《まゆね》を寄せた憤怒《ふんぬ》の表情が映った。

「どうです。間者はなにか吐きましたかい」

蔵の重い扉が薄く開き、お蝶が、するりと身を滑り込ませるように入ってきた。

「くそっ、蝶、てめえってあまは……」

綾之丞の身体は怒りに戦慄《わなな》いた。

「惨《みじ》めなもんだねえ。なんだね、このざまは。ヤットウがいくら得意でも、刀がなくちゃ手も足も出ないってかい」

お蝶は、綾之丞の両頬を冷たい両手で挟んで息をふーっと吹きかけた。

「ところで、幸蔵親分さん」

お蝶は、幸蔵の側にくるりと振り向いた。

「浪人者を追っていった子分衆のお帰りが、えらく遅いじゃござんせんかい」

「そういやあ、やけに遅せえな」

幸蔵は首を捻《ひね》った。

「浪人者の逃げ足が早くて子分衆は難儀してなさるんですよ。取り逃がしちゃあ大変でござんすよ。もっと加勢を出したほうがいいんじゃないですかねえ」

幸蔵とお蝶のやり取りを聞いた綾之丞は、絶望の淵に叩き込まれた。

(子分たちが駆けつけたとき、総十郎はすでに境内から姿を消しておったに違いない。追っ手と出くわさなかった総十郎は、俺の危機を知らぬから今もって現れぬのだ)

顔の輪郭を、冷たい汗が滴り落ちた。

「よし、それなら新手を十人ばかり、追加しようじゃねえか」

「親分さん、十人なんて足りないんじゃござんせんかい。思いきって二十人、いや、三十人、出したらどうですかい」

お蝶は鼻息も荒く、幸蔵を焚《た》きつけた。

「確かに、蝶の言う通りでえ。追っ手は多いに限る。なんなら松明《たいまつ》を持たせて山狩りでもすっか」

「そう来なくちゃ。思いきった手に出る親分さんの豪儀《ごうぎ》さに、子分衆も感服しなさるでしょうよ。ねえ、幸蔵親分さん」

幸蔵に媚《こ》びるお蝶の眼差《まなざ》しに、綾之丞は吐き気を覚えた。

「で、この坊ちゃんのことなんですけどねえ。ずいぶん弱っちまってる様子だ。これ以上、拷問しても、やりがいがないじゃござんせんか。あの浪人者の始末がつくまで、少しばかり休ませちゃどうですかい。で、次の機会にゃ、あたしにいたぶらせておくんなさいよ」

酷薄《こくはく》な笑みを浮かべたお蝶は、幸蔵の腕をつねった。

「おい、おい、痛えじゃねえかよ」

やにさがった幸蔵は、お蝶の肩に腕を回し、

「けどよ、こないだの間者のときみてえな短気は御免でえ」

睦言《むつごと》のように、お蝶に釘《くぎ》を刺した。

「すみませんねえ、親分さん。間者のしぶとさに、ついかっとなっちまって喉を掻き切ってやったけど、ありゃあ、まずかったって思ってますよ。でもねえ、ふふ、血が勢い良く噴き出すときの感触がねえ……」

綾之丞は、お蝶の言葉に慄然《りつぜん》とした。

お蝶は、名うての悪《ワル》の幸蔵も持てあますほど恐ろしい嗜好《しこう》の持ち主だった。

美しい顔の薄皮一枚の下には、血に狂う夜叉《やしゃ》が潜《ひそ》んでいた。

「おお、怖《こ》ええ。蝶は怖い女でえ。けど、俺りゃあな、いつ寝首を掻かれるかってえ、おめえの底知れねえ怖さに惚《ほ》れたんだぜ。がははは」

幸蔵は、危険な女を飼い慣らす、さらに危険な男のつもりなのだろう。

白々しい豪傑笑いをしながら、お蝶の腰に手を回して蔵から出ていった。乱杭歯が、天井の梁《はり》から吊るした縄を緩める気配がした。

綾之丞の体は、鈍い音を立てて固い床に落下したが、痛みはもう感じなかった。

冷たい土間に転がされたまま、綾之丞は放置されていた。

どのくらい刻《とき》が経ったかもわからなかった。

上部の窓から差し込む月明かりは届かず、周囲は真っ暗闇《やみ》に包まれている。

（くそっ、俺さまがこのような目に遭《お》うておるのに、今頃、総十郎は飯盛女《めしもりおんな》といちゃついておるのか）

綾之丞が幸蔵の屋敷に出向いたあと、総十郎は『暇やし、もう四半刻《しはんとき》（約三十分）だけ遊びに行ったろかいな』と飯盛女のいる旅籠に向かったに違いなかった。

（あのようにいい加減な男を当てにした俺は馬鹿だった）

悔しくなった。

ぎいいい。

突如、重苦しい音とともに蔵の扉が開かれた。

入ってきた黒い影はお蝶だった。

お蝶は、持ってきた明かりに灯《ひ》を点《つ》けるや、すぐさま蔵の扉を閉めた。

幽鬼《ゆうき》のようなお蝶の姿が薄明かりに浮かんだ。

胸には、綾之丞の大小が大事そうに抱えられていた。

(誰にも邪魔されず、俺の愛刀で切り刻むつもりか)

お蝶は、能面のように無表情なまま迫ってきた。

お蝶の蒼白《あおじろ》い顔は、能の「羽衣《はごろも》」などで高貴な女や女神の面として使われる「増女《ぞうおんな》」に似ていたが、どこか尋常を逸《いっ》した気配は、「蟬丸《せみまる》」や「道成寺《どうじょう》」で使われる「逆髪《さかがみ》」の面を思わせた。

とはいえ、美しくも妖《あや》しい面の下の素顔は、道成寺の「真蛇《しんじゃ》」なのだ。

(女にいたぶられて死ぬような無様な死に方は御免だ。あまりに格好がつかぬ)

今の今まで粋《いき》がって生きてきた半生がまるで台なしだった。

心臓が、口から飛び出さんばかりに大きく早鐘《はやがね》を打つ。

裸足のお蝶は、足音もなく、床に転がされた綾之丞に近付いてくると脇差をすらりと抜き放った。

扱いには慣れているようだった。

「綾之丞さん……」

背筋を冷たくさせるようなお蝶の呼びかけに、綾之丞は身を固くした。

だが、次の瞬間。

綾之丞を拘束《こうそく》していた忌々しい荒縄が、すっぱりと立ち切られた。

「とんだ災難だったねえ。さ、今から一緒に、ずらかるんだよ」

お蝶は早口で囁いた。

「その前に、早く身支度《みじたく》をしてくんな」

お蝶は蔵の隅から綾之丞の衣類を運んできてくれた。

「触るな、自力で着られる」

綾之丞はよろめきながら、お蝶の手を振り払った。

「あははは、ほらほら、やっぱりダメじゃないか」

指が痺《しび》れて思うように袖《そで》に手を通せなかった。

「しっかりしておくれよ。世話が焼ける坊ちゃんだねえ」

苦笑しながら、お蝶は手際よく手伝ってくれた。

「仕方ない。任せてやるから、きちんと着付けるのだぞ」

綾之丞は素直に従い、お蝶のなすがままに任せた。

お蝶は、袴《はかま》をはかせて紐《ひも》を甲斐甲斐《かいがい》しく結んでくれた。

形の良い指が心地よく触れる。

締めるべき箇所には小気味よい力が加わった。

お蝶の手を見るとはなしに見つめるうちに、幼い頃に着付けをしてくれた白い手の記憶が、突如、脳裏《のうり》に蘇《よみがえ》った。

白い手には薄紅色の蝶があった。

(乳母か奥女中が俺の世話していたと今まで思い込んでおったが、あれは……)

まさしく「あの女」――義母の手だった。

義母の白魚のような手の平には小さな痣《あざ》があった。

痣は美しい蝶の形をしていた。

(「蝶」つながりで思い出したのだろうか)

記憶の中の蝶は鮮やかさを増して綾之丞に迫った。

(俺も焼きがまわったな。なにからなにまで人にさせる、お姫さま育ちのあの女が、手ずから俺の世話をしたわけがない)

混乱する頭をぶんぶんと振って「過《よぎ》った」記憶を振り払おうとした。

「一丁上がりさね」

お蝶は、綾之丞の腰のあたりをぽんぽんと叩くと、

「お腰のものを、どうぞ」

と大小を袂《たもと》に抱いて恭《うやうや》しく捧げ渡してくれた。

「よし」

分身である孫六兼元を腰に差せば、背筋がしゃんと伸びた。

「さ、急いでくんな」

お蝶に促《うなが》されて蔵の扉に向かった。

「間者の一味とは、お蝶だったのか。で、仲間が口を割りそうになったから殺害したのか？」

単刀直入に問いかけた。

「いやだね。あたしゃ、そんな大層なものじゃないよ」

「しかし、間者を手にかけたのだ。並の女にはできぬことだ」

と食い下がった。

「こんな渡世だろ。色気だけでは切り抜けられない修羅場《しゅらば》もあるさ。あたしゃ壺振りだよ。度胸だけはあるんだ。捕えられた間者が哀れでね。『もう死なせてくれ』って小声で囁いたから引導を渡してやっただけさ」

修羅場の情景が蘇ったのか、語る言葉の語尾は震《ふる》えていた。

「おっと、のんびりしちゃいられないよ」

お蝶は、はらりとひと筋垂れた髪を撫でつけながら、

「とにかく、ずらかることが先決だよ」

と白い歯を見せて微笑んだ。

微笑みがお蔦そっくりで綾之丞はどきりとした。

手挟んだ愛刀・関の孫六兼元の重みが「気」をみなぎらせた。

まだあちこち痛むものの、気力が戻れば答は一つだった。

「よし、どいつもこいつも叩っ斬る。幸蔵一家を一人残らず成敗《せいばい》してやる」

力を込めて蔵の扉を開いた。

「そう来なくっちゃ。頼んだよ、お兄さん」

お蝶は、綾之丞の背中をぽんと叩いた。

「幸蔵はどこだ」

蔵を出た綾之丞は、屋敷の暗い庭を走り抜けた。

「や、野郎、い、いつの間に」

燭台《しょくだい》を手にした乱杭歯の男と鉢《はち》合わせした。

「先ほどの礼だ」

綾之丞は上段に振りかぶった。

男の頭上に孫六兼元が一閃《せん》した。

「ぐぎゃ」

男は頭蓋《ずがい》を砕かれた。

脳漿《のうしよう》を撒《ま》き散らせながら、木偶《でく》のように仰《あお》向きに倒れた。

屋敷の腰高障子《こしだかしようじ》から煌々《こうこう》と明かりが漏《も》れている。

総十郎狩りにさらなる追っ手を出したあとも、まだ十人ほど残っているらしく、騒がしい声が聞こえた。

「お蝶、てめえは、このまま早く逃げろ」

抜刀《ばつとう》したまま、綾之丞は屋敷うちに走った。弱っていたはずの体は自在に動いた。

「浪人が逃げたべ」

「弱っているから、取り囲んで膾《なます》にすべえ」

押《お》っ取《と》り刀で子分たちが走り出てきた。

衆を頼んで押し包めば、腕の立つ剣客《けんきやく》でも容易に仕留められると信じている頭の軽い猿の群れだった。

「まとめて成敗してやる。武人の強さを知らしめてやるぞ」

綾之丞は、孫六兼元をぶんぶんと振りまわした。

子分どもは、大声でわめきながら、次々、斬りかかってくる。

「幸蔵はどこだ」

幸蔵の姿を探し求めながら、襲いかかる敵を薙《な》ぎ倒した。

「蝶、このあま、てめえが手引きしやがったな。許さねえ」

土間の方角で、幸蔵らしき怒声《どせい》が響いた
お蝶が見つかった。

綾之丞は土間をめがけて駆け出した。だが、子分が盾《たて》となって行く手を阻《はば》む。

お蝶が危ない。

敵を切り崩しながら土間に急いだ。

「しまった。間に合わぬ」

綾之丞の眼前で、大男が長脇差でお蝶に斬りかかった。

お蝶の肩口から曼珠沙華より紅い鮮血が噴き出し、美々しい蝶が舞うように倒れ伏す、そんな光景が目の前に浮かんだ。

だが……。

お蝶は間一髪《かんいっぱつ》でかわした。

お蝶の瞳が獰猛《どうもう》な牝《め》狼《ろう》のように煌《きら》めく。

お蝶の匕首《あいくち》が、男の頸《けい》動脈を小気味よく掻っ切った。

ぐえっという短い悲鳴とともに鮮血を噴き上げて倒れたのは大男のほうだった。

「くそあまめ、死にやがれ！」

幸蔵が、野太い唸り声とともに、お蝶をめがけて長脇差を振りかぶった。

「幸蔵、俺が相手だ」

綾之丞の雄叫《おたけ》びに幸蔵が振り向いた。

否、振り向く間も与えなかった。

「死ぬのはてめえだ！」

得意技の左片手突きで、背中から幸蔵の分厚い胴を刺し貫いた。

鍔元《つばもと》あたりまで深々と押し込んだ刃を、力一杯、ねじり、引っこ抜いた。

「日頃、虐《しいた》げられておる、左手の怨念《おんねん》の恐ろしさ、存分に思い知ったか」

綾之丞は芝居じみた所作で大見得を切った。

剣も箸《はし》も、右手を使うよう矯正《きょうせい》されているものの、綾之丞の生来《せいらい》の利き手は左手だった。

左手に最大限の力を込められる左片手突きはここぞという場面で使う技だった。

低い咆哮《ほうこう》を残して幸蔵の巨体は、ただの肉塊《にくかい》になった。

五基並んだ竈《かまど》のあたりまでよろめくと、鈍い音を立てて突っ伏した。

かけられていた大鍋が吹っ飛んで雑炊《ぞうすい》が土間にぶちまけられた。髪の毛と肉の焦《こ》げる嫌な臭いが炊事場に広がった。

「ひえええええーっ！」

残る子分たちは、蜘蛛《くも》の子を散らすように四方に消え失せ、幸蔵の屋敷は、たちまち無人になった。

「終わったな。ざまあ見やがれってんだ」

井戸端で孫六兼元をすすぐと丁寧《ていねい》に水気を拭《ふ》いて納刀《のうとう》した。

「浪人さんを追った子分たちが戻るかもしれないからね。早いとこ片づけなきゃ」

独り言のようにつぶやきながら、お蝶は屋敷内に戻った。

（やはり、お上の密偵だったな）

幸蔵と結託《けったく》して悪事に荷担《かたん》していた者たちの裏付けを集めるのだろう。

「綾之丞、無事やったか」

裏入り口から総十郎が、のっそりと姿を見せた。

生々しい剣気が、総十郎の身体にまとわりついていた。

「総十郎、今までどうしておったのだ。いや、言わずともよい。そのなりを見れば見当がつく」

総十郎の鬢は乱れて疲労の色が濃かった。

「何人、斬ったのだ、総十郎、刀はもう使い物にならぬのではないか」

「刀は真ん中でぽっきり折れてしもたわ」

破顔一笑した総十郎は、肩に担《かつ》いだ刀を示した。

「浪人さんもご無事で、なにより」

お蝶がなにやら膨《ふく》らんだ風呂敷包みを背負って姿を現した。

「おう」

総十郎は曖昧《あいまい》な返事をした。

「ん？」

綾之丞の剣客としての勘が、お蝶と総十郎の間をほんの瞬時だけ流れた、暖かい「気」を鋭敏に察知した。

（いったい、どういうこった）

綾之丞は首を捻った。

東に向かうお蝶を見送って、まだ暗い街道を小川宿の外れまで歩いた。

街道の先は闇の向こうに長く伸びていて両側は暗い田畑ばかりが広がっていた。

夜明けは近い。

お蝶と別れる前に、鎌をかけて確かめたくなった。

「お蝶、一つ聞かせてくれ。殺された間者は、お蝶といい仲だったのか」

「なんで、そんな野暮を聞くんだよ」

お蝶の眉がわずかに動いた。

並んで歩いていた総十郎の視線が、ほんの一瞬だけお蝶に向いた。

綾之丞は、またしても腑《ふ》に落ちぬ不可解さを感じた。

総十郎が、ついっと歩を速めて綾之丞とお蝶が肩を並べる道行きとなった。

「せめて、好き合った女の手で死なせてくれと乞《こ》われ、涙を呑んで引導を渡してやったのではないかと思ったものでな」

「馬鹿馬鹿しいったらありゃしない。あたしゃ、ただの女渡世人だって言ってるだろ」

「じゃあ、先ほど幸蔵の屋敷から持ち出したものはなんだ」

綾之丞は意地悪く畳みかけた。

「あー、これかい。せっかくだから、行きがけの駄賃に、めぼしいお宝はないかって探してたんだよ」

お蝶はこともなげな顔で、背中の風呂敷包みに目を向けた。

「空き巣狙いというわけか。まあいい、そういうことにしておいてやる」

風呂敷の中身を見せろとは無粋《ぶすい》だろう。

「とにかく良かったがな。弥助の両親の仇も立派に取れたんや。幸蔵一家につながって抜け荷に加担してた者《もん》らには、ちゃ～んと、きっちりお裁きが下るやろ」

総十郎は上手く話をまとめた。

朝を告げる雄鳥の鳴き声が、のどかに、いや競い合って姦《かしま》しく響いてきた。

「じゃ、あたしゃここで……」

お蝶は立ち止まって白み始めた空を見渡した。

紅い唇がわずかに震えていた。

「では、ご機嫌よう、坊ちゃん、ご浪人さん」

あっさり告げると後も振り向かずに日が昇り始めた青梅街道を東へ歩み始めた。

「ほなな」

総十郎は軽く手を挙げて気楽な口調で返した。

綾之丞と総十郎はしばしたたずんでお蝶の後ろ姿を見送った。

朝靄《もや》の街道を歩むお蝶の影は、次第に小さくなってやがて見えなくなった。

「ありゃ、こないなとこに、季節遅れの曼珠沙華が咲いてるがな」

総十郎の声に綾之丞は、田の畦《あぜ》に一本だけ朱を添えた花に目を向けた。

「これは……」

見れば、お蝶が髪に挿《さ》していた簪《かんざし》だった。

「綾之丞への詫びのつもりやないか。高価そうな代物やで。もろといたらええがな」

総十郎は目を細めながら頷いた。

「お蝶が一服盛ったおかげで、俺は危うく嬲り殺しになるところだったのだぞ。今になって腹が立ってきた」

「かかか、そない言うたりなや。おんどれは、こないして無事やったんやし」

総十郎は、いつもの下品な笑いで誤魔化《ごまか》そうとした。

「ん？」

総十郎の振り分け荷物に目をやると、出立当初よりやけに行李《こうり》が膨らんでいた。

先ほどお蝶と総十郎の間に感じた「なにか」――その「気」の正体が、氷が張るように形をなし始めた。

総十郎はお蝶と同類だったのだ。

（総十郎の奴め、飯盛女のいる旅籠にしけ込んでいると思わせてそこいらを探索しておったのか）

幸蔵が『隠密廻り云々《うんぬん》』と言っていた言葉を思い出した。

（そう言えば、隠密廻りの同心は、御府内の外を探索する場合もあると聞いたことがあったな。まさにその通りだったか）

歩きながら綾之丞は顎に手を当てた。

素浪人のくせに、やたら事件に頭を突っ込みたがる癖《くせ》も、隠密廻り同心なら職務ゆえと頷けた。

与力《よりき》の支配を受けぬ町奉行直属の隠密廻りは、凄腕《すごうで》の者が任命される。

身分を秘して市中の探索に当たるために、同心定番の黒羽織の着流しに雪駄履《せったば》き姿ではなく、さまざまな階層の者に身をやつす。

一般の人々に顔を知られぬため、捕縛にも関わらなかった。

（総十郎が隠密廻り同心とすると……）

お蝶ほど技量のある女が、同心子飼いの密偵などというつまらぬ役目であるとは思えなかった。公儀の隠密という線が妥当だろう。

総十郎が、お庭番配下のくノ一を手助けするために派遣されたとすれば、道場主の土佐井こそ、お庭番の仮の姿ではないか。

(読めたぞ)

綾之丞の中で、想像が膨らんで散らばった欠片《かけら》が次々につながっていった。

(お蝶・お蔦は姉妹で、お蝶は総十郎の女房で、阿久里はお蝶の娘に違いない)

お蔦が、総十郎や阿久里の世話を、親身になってする理由も納得できた。

お蝶・お蔦と阿久里の顔を思い浮かべれば、面影が似通っている。

京言葉と大坂弁の違いに、今まで目を眩《くら》ませられていたが、総十郎の大坂弁、お蔦の京言葉も、隠密ゆえの隠れ蓑《みの》だったのだ。

(どのみち聞いても答えるはずがない。そのうち、俺さまがはっきりさせてやる)

お蔦と総十郎の仲を邪推《じゃすい》せずとも良くなっただけで今は良いと思えた。

(しかし……)

納得すると同時に大きな疑問が湧いた。

(総十郎とお蝶が夫婦だとすれば、いかなる思いなのだろう。お蝶は母親として

阿久里が気にならぬのか。隠密とは、お務め第一で人としての情が薄いのか)

釈然としなかった。

総十郎まで得体《えたい》の知れぬ存在に思えてきて、周囲の誰もが信用ならなくなった。

「どいつもこいつも、俺をこけにしやがって」

道端の石ころを蹴飛ばした。

「綾之丞、どないしたんや」

総十郎が不審そうな顔で振り返った。

「俺はこんなもの、要らぬ」

簪を田の中に投げ捨てようとして綾之丞は思い直した。

(まあ、いいか。周りに面白い奴がいると思うと退屈せずに済む。旅から戻ったら、この簪をお蔦にやろう。いったいどのような顔をするか楽しみだ)

簪を懐紙に包んで荷物の中にそっと納めた。

第三話　紅蓮《ぐれん》の先に

一

多摩《たま》の大野久三郎《おおのきゆうざぶろう》邸での出稽古は上々の首尾に終わった。

江戸に戻った一色綾之丞《いつしきあやのじよう》と飛鳥総十郎《あすかそうじゆうろう》は、旅装《りよそう》のまま土佐井《とさい》道場を訪ね、旅先での出来事と出稽古の成果を報告した。

土佐井の母の手料理をたっぷり振るまわれて歓談するうちに、とっぷりと日が暮れたが、土佐井と総十郎の長話は終わりそうで終わらなかった。

「拙者《せつしや》は、これにて失礼いたす」

総十郎を残して一足先に土佐井邸を後にした。

一刻も早くお蔦《つた》の顔が見たい綾之丞は、本所《ほんじよ》から一目散に深川《ふかがわ》蛤《はまぐり》町をめざした。

町中を武士がばたばた走るなどみっともない。逸《はや》る心を抑えながら、できるだけ大股でずんずん先を急いだ。

竪《たて》川にかかる二ツ目之橋《ふたつめのはし》を渡って町屋が並ぶ通りを真っすぐに南下した。

小名木《おなぎ》川にかかる高橋《たかばし》を渡ってさらに行くと、左手、武家屋敷の先に、江戸六地蔵・第五番・霊巌寺《れいがんじ》の堂宇《どうう》が、こんもりとした木立の間から見えた。

仙台堀《せんだいぼり》に架《か》かる海辺橋《うみべばし》を渡れば、深川蛤町は目と鼻の先だった。

（ようやく戻ってきた）

まるで長旅から戻ったような気分だった。

裏通りに面した磯次店《いそじだな》の長屋木戸の前で足を止めた。

「相変わらず、汚くて品のない裏店《うらだな》だな」

悪態を吐きながら、綾之丞は木戸のうちをうかがった。

どの家も夕餉《げ》が終わってくつろいでいる時分だった。

各々《おのおの》の腰高障子《こしだかしょうじ》のうちから、温《あたた》かな火影が路地に漏《も》れ、木戸の外まで笑い声や物音が溢《あふ》れ出していた。

（一色家の屋敷は広すぎて人がおらぬかと思うほど深閑としておった。常に静かで落ち着いているだけに、生活の臭いがなくてよそよそしい場所であったな）

磯次店は、住み慣れた我が家のように懐かしかった。

（一刻も早くお蔦の顔を見たいが、埃《ほこり》まみれの見苦しい姿は見せられぬ）

お蔦と顔を合わさぬように盗人のごとく我が家にそっと滑り込んだ。留守にしていた家の中は、むっと湿気臭かった。

（果たしてお蔦も、公儀《こうぎ》の隠密《おんみつ》なのだろうか。姉が隠密だからと言って妹も隠密とは限らぬが）

旅をともにした道具類を一つ一つ拭《ふ》き清めて棚や柳行李《やなぎごうり》に戻しながら、あれこれ考えてみた。

隠密は綺麗事では務まらない。

男を手玉に取るといえば聞こえが良いが、女隠密なら、任務のために身体を餌《えさ》にすることも多々あるだろう。

お蔦が隠密などと、断じて思いたくなかった。

（とはいえ、常磐津《ときわづ》の出稽古といえば、弟子である旦那衆の目当ては明らかだ。おぼこ娘でもあるまいし「商い」と割りきって応じておるやもしれぬ。いや、いや……）

常識的な想像を、頭の中から箒《ほうき》でさっさと掃《は》き出した。

（芸と色気を商いにしておっても、寸止めで巧みにかわしておるはずだ。お蔦は、好きでもない男に身を任せるような尻軽女ではない）と断じた。

埃にまみれた袴《はかま》や小袖《そで》を脱ぎ、衣桁《いこう》に架けて形を整えた後、先日、義母から届いた葛籠《つづら》から新しい小袖を取り出した。

（あの女は、なぜ俺の好みを知っておるのか）と不思議に思えるほど、地味で渋い色目が、綾之丞の嗜《し》好《こう》と合致していた。

（あの女が俺のために仕立てさせるわけもない。父上と俺は背格好が似ておる。父上が着ず、箪笥《たんす》の肥《こ》やしになっていた小袖を流用したに違いない）

手早く着替えて着流し姿になるや、大急ぎで湯屋に向かった。

湯から戻った綾之丞は、改めて小袖越しに己《おのれ》の体臭を確認した。

汗の臭いはすっかり消え去って湯上がりの香りが身体からほのかに立ち上った。

隙《すき》がないか、襟《えり》元や裾《すそ》の具合を何度も確認した。

「これで良し」

懐に、お蝶の簪《かんざし》を忍ばせてから、長屋路地に足を踏み出した。

総十郎が留守の間、お蔦は阿久里《あぐり》を預《あず》かっていた。

お蔦の家の中から、楽しげに笑い合う声が聞こえて穏やかな気配が感じられた。

腰高障子の前に立って一つ咳払《せき》いをしてから、

「綾之丞だ。お蔦はおるか」

とおもむろに訪《おとな》いを入れた。

「ひゃあ～、綾之丞はん、やっと帰ったんかいな～」

がらりと腰高障子が開いて小さな影が飛び出した。

「恋しい綾之丞はんが留守やさかい、うち寂しかったで～」

言いながら、綾之丞の腰に、まるで蛙《かえる》が跳びつくように抱きついてきた。

子供特有の日向《ひなた》の匂いが鼻腔《びこう》を心地良くくすぐった。

整った阿久里の顔を改めて見れば、お蔦・お蝶の子供の頃はかくのごとくだったろうと思えた。

「旅から帰ったばっかしの割に、えらいすっきりした顔してはるがな」

阿久里は綾之丞の顔を、うっとりと見上げながら鋭く指摘した。

「お帰りやす～」

部屋の奥、行灯《あんどん》の際で繕《つくろ》い物をしていたお蔦が目を上げてにっこりと会釈《えしやく》した。

行灯の明かりの下、お蔦の白磁《はくじ》の肌が艶《つや》やかに光っている。

綾之丞は、ごくりと生唾《なまつば》を飲み込むと同時に、まとわりつく阿久里を身体から引き剝《は》がした。

「俺は、お蔦に用があって参ったのだ。総十郎はほどなく戻るゆえ、家に帰って湯茶の用意でもしておいてやれ」

阿久里の身体をひょいと持ち上げて総十郎宅の前まで運ぶと、戸口にちょんと立たせた。

「ほれ、総十郎を温かく出迎えて親孝行をせえ」

腰高障子を開いて小さな身体を中に押し込んだ。

「なんでやねんな。うちは、綾之丞はんの帰りを待ってたんやで。おとんの帰りなんかどうでもええねん」

抗議する阿久里の鼻先で、腰高障子をぴしゃりと閉めた。

「しょうないなあ。惚《ほ》れた殿方の言わはることには従わなあかへんよってにな」

ぶつくさ言いながら湯茶の用意に取りかかる気配が腰高障子越しに感じられた。

「これでよし。邪魔者はいなくなった」

綾之丞は手を叩《はた》きながら再びお蔦の家に戻った。

「ご苦労はんどしたなあ。初めての旅はどないどしたか」

お蔦は、ゆったりとした手つきで針山に針を刺して形良くすっと立ち上がった。

裾《すそ》さばきも優雅に上がり框《がまち》までやってくると、裾を払って腰を落とした。

「短い旅であったが、なかなか修行になった」

「そら、よろしおしたなあ。ほんで……、うちになんの御用どっしゃろか」

お蔦は腑《ふ》に落ちぬ顔で小首をかしげた。

「実はな、お蔦……」

意を決した綾之丞は懐に手を入れた。

「世の中には似た者が三人おると言うが、拙者《せっしゃ》は旅の途中で、そなたとよく似た女子《おなご》に出会《でお》うたのだ」

何気ない口調で、ほんの少々だけ揺さぶりを懸けてみた。

今にもお蔦の正体がつかめるのではと思うと口調がぎこちなくなった。

「ほんまどすか。うちは、天涯孤独《てんがいこどく》の身どすけど、遠〜い親戚かもしれまへんよってになあ。その女子はんに会うてみとおしたなあ」

いかにも興味深げに応じるお蔦の表情に不自然さはまったく感じられなかった。

「不思議な縁でその女からもらったのだが、いささか持てあましておってな」

三和土《たたき》に足を踏み入れると、懐紙に包まれた簪を取り出した。

「いやあ、綺麗な簪どすなあ。これ、うちにくれはるのどすかあ」

お蔦は身をよじって袂《たもと》を胸の前で合わせた。

笑みの奥に戸惑いが見て取れた。

もうひと押しだと綾之丞は気を引き締めた。

「お蔦そっくりな女はお蝶《ちょう》と申したが、実は……」

一度、言葉を句切って間を置いた。

「お上《かみ》の密偵であった」

いきなり踏み込んだ言葉を突きつけた。

「え？」

お蔦は一瞬、絶句した。

(瞳の揺れ、頰《ほお》の引き攣《つ》りから身体全体の強張《こわば》りまで、わずかな心の動きも見逃すまい）とお蔦を凝視した。

「いやあ、密偵やて、なんや怖いお話どすなあ。そないな怪《あや》しげなもんに関わったら、ろくなこと、おへんえ。あ～こわ」

お蔦はさも薄気味悪そうに首をすくめた。

(わざとらしい反応が怪しいといえば怪しいが）

隠密が簡単に尻尾を出すはずがなかった。

（剣客《けんきゃく》としての大事ななにかを会得《えとく》し、わずかな「気」の動きも感じられるようになったと思ったのは、思い違いだったのか）

綾之丞は小さく舌打ちした。

行灯の灯心《とうしん》が、じじっと、やけに大きな音を立てた。

今さらお蔦に簪をやれなかった。

引っ込みがつかなくなってすごすご退散しかけたとき。

「うちにちょうだい」

いつの間に戻ってきたのか、阿久里が綾之丞の袂《たもと》を引っ張った。

気配に気づかぬとは、またまた剣客失格だった。

「馬鹿を申すな。この簪は餓鬼《がき》が持てるような代物《しろもの》ではない」

声高《こわだか》に一蹴《いっしゅう》した。

「ええやんかいな。けちやなあ」

阿久里は、心底、恨《うら》めしげに綾之丞の顔を見上げた。

「なあ綾之丞はん、うちにおくれえや、な、ええやんか～」

綾之丞の袂をつかんで阿久里はなおも懇願《こんがん》した。

冗談めかした言葉と裏腹に瞳が潤《うる》んでいた。

（母親の簪と知っていて欲しがるのではないか）と思うと急に不憫《ふびん》になった。

「よし、阿久里にやる。ただし、似合う年頃になるまで、大事にしまっておくのだぞ」

綾之丞は、精緻《せいち》に細工された曼珠沙華《まんじゆしやげ》の簪を手渡した。

「ほんまかいな、綾之丞はん、おおきに〜」

阿久里は、黒い瞳をきらきら輝かせた。

（母親を恨んでおらぬのか。己を捨てた母親でも恋しいのか）

母を無条件に慕《した》う阿久里が、不可解な小動物であるかのように思えた。

二

多摩での一件で、総十郎を見る目は一変した。

見方を変えればすべてが裏返った。

総十郎に俗物さを装《よそお》われるほど、かえって、ひとかどの人格者ではないかと思えた。

土佐井にも一目を置くようになった綾之丞は、道場における指導態度を改めた。

弟子との稽古では、勝ちを譲らないものの大いに手加減してやるようになった。とはいえ、綾之丞と稽古したいと願い出る門弟はいまだにおらず、総十郎には「まだまだやな」と笑われていた。

（夜は長い。まずはこの店から攻めるか）

稽古帰りの綾之丞は、「四方《よも》」の文字と三つ巴《どもえ》の扇《おうぎ》とが染め抜かれた暖簾《のれん》をくぐった。

神田和泉町《かんだいずみ》にある四方は名の知れた酒屋で、剣菱《けんびし》や滝水《たきすい》などの銘酒を売る傍ら、店の一角で居酒屋を営んでいた。

味噌も評判で『酒味噌でその名も四方にひびくなり』と川柳に詠まれている。

綾之丞は、赤味噌で軽く一杯ひっかけた後、両国《りょうごく》橋まで来たが、橋を渡らずに暮れた道を神田川沿いに歩き始めた。

浅草《あさくさ》橋から筋違《すじかい》橋まで十町に渡る柳原《やなぎはら》通り沿いには、高い土手——柳原土手が続いている。

柳の木が植えられた土手の向こうは神田川で、土手下には古着屋や古道具屋がずらりと立ち並んでいた。

どれも床店《とこみせ》で間口九尺《しゃく》・奥行三尺ほどしかなくて葦簀《よしず》張《ば》りの簡素な作りだった。

昼間は人が大勢行き交《か》ってにぎやかな通りだったが、暮れれば、どの床店も貝の口が閉じるようにしまわれ、火影もわずかな通りは人影もまばらだった。

土手にずらりと植えられた柳が川風に揺れて幽霊でも出そうな風情だったが、出るのは夜鷹《よたか》くらいである。

柳原通りを新《あたら》シ橋の手前まで来たときだった。

「お、あれは……」

目ざとく、総十郎の姿を見つけた。

橋の袂《たもと》にほど近い物陰で、物乞い相手に話している。

菰《こも》をまとった物乞いは五十前後《ご》だろうか、瘦《や》せこけて薄汚れた格好《かっこう》だったが、眼差《まなざ》しや動きに物乞いにありがちな愚鈍《ぐどん》さがなかった。銭を恵んでやっているにしては、いかにも子細ありげである。

(隠密《おんみつ》廻りの役目絡《がら》みだな。ひょとして物乞いも密偵なのか？)

興味が湧いた綾之丞は、気配を気取られぬようにそっと近づいた。だが、たちどころに気づかれてしまった。

「ほな、また……」

総十郎は物乞いと別れて綾之丞のほうへ真っすぐ向かってきた。

物乞いも小腰を曲げたまま、そそくさと闇《やみ》に消えた。

「綾之丞、こないだの旅で、少々、余計に金をもろた言うて呑み歩いてたら、すぐのうなってまうで」

人生の先達《せんだつ》気取りの苦言に、今までなら「それは一色の家に戻れという意味か」と反駁《はんばく》したはずだった。

だが、今は違った。辛《かろ》うじて抗議の言葉をごくりと呑み込み、

「ところで総十郎、先ほどの物乞いは知り合いなのか」

と水を向けた。

「大村《おおむらく》九八郎《はちろう》はんちゅうてな、五年ほど前までは、土佐井道場の師範代をしてはった御仁《ごじん》や。稽古熱心で腕も立つ真面目な人やさかい、土佐井先生かて頼りにしてはってんけどな……」

口元を歪《ゆが》めた総十郎は、酸いような笑みを浮かべた。

「それが、あのように……」

綾之丞は物乞いが消えた深い闇に目をやった。

「大村はんは御家人で、徒士《かち》として出仕《しゅつし》してて、それなりの暮らしやったそうやが」

総十郎は大村の身の上話を始めた。

大村の住まいは仲御徒町《なかおかち》通りの組屋敷にあり、表門側の塀沿《へい》いに建てた貸家を医者に貸していた。

御家人の内職としては、傘張り・春慶塗《しゅんけいぬり》・提灯張《ちょうちんば》りのほか、鈴虫・蟋蟀《こおろぎ》・金魚の飼育や、植木・草花の栽培が多い。

大村夫妻は裏庭で丹精込めて菊を育てていた。

豊かではなくともそれなりに幸せな暮らしぶりだった。

だが、運命は突如、一転した。

妻と嫁入り前の娘が流行病《はやりやまい》のために相次いで亡くなった。気落ちした大村は人が変わり、道場の師範代も辞めて酒浸《びた》りになった。

転落し始めれば早い。

博打《ばくち》にはまった大村は、たちまち、俗に言う「御家人株を売る」という有り様に至った。持参金付きの養子を迎えて家督を譲渡し、自分は隠居という名目で屋敷を出た。

しばらく長屋住まいをしていたが、賭場《とば》でのつまらぬいざこざに巻き込まれて大怪我《けが》を負った。

幸い、傷は癒《い》えたが、長く寝込んでいる間に店賃《たな》がたまって長屋を追い出された。借金が嵩《かさ》んで親戚とも知人とも絶縁状態になった。

五十を過ぎた今、とうとう物乞いにまで落ちぶれ果てたという。

「行き着くところまで行き着いたわけか。情けない」

綾之丞は、鼻先で笑った。

大村が立ち去ったあたりの闇を透かすと、蠢《うごめ》く二つの影が見えた。

手拭《ぬぐ》いを吹き流しにかぶって茣蓙《ござ》を抱えた夜鷹が、職人風の酔客の袖《そで》を引いて土手の陰へ誘っていた。

なかなか話がまとまらずに押したり引いたりが際限なく繰り返されている見苦しい光景だった。

酔客のへなへなとふらつく足もとと、執拗《しつよう》に男にまとわりつく夜鷹のなよなよした動きが汚らわしい。綾之丞は眉《まゆ》をひそめた。

「夜陰に身をひそめ、茣蓙を寝床にわずかな銭で身を売る夜鷹と、大村のような物乞いとでは、どちらが惨《みじ》めだろう」

軽蔑《けいべつ》の思いで視線を外した先には大村が消えた闇が空洞のように広がっていた。

(俺とは無縁の世界だ)

そう思いながらも、胸のどこかを小突《こづ》かれた気がした。

「遊び人の俺でも覚悟ぐらい、しっかりと持っておる。大村は武家として最低だった。そうは思わぬか」

荒っぽい感情を剥《む》き出しにした。

「ぬかすやないけ」

総十郎は呆《あき》れながらも、哀《かな》しげな苦笑いを浮かべた。

「綾之丞のように不自由のう育ったもんには、わからへんやろけどな。物乞いかて夜鷹かて、抗《あらが》われへん奔流《ほんりゅう》に流されてしもたもんばっかしなんやで。それぞれ必死に生きてるんや」

諭《さと》すような口調でさらに言葉を続けた。

「板子《いたご》一枚下は地獄ちゅうけど、漁師ばっかしのことやあらへん。今は若うて覇気に満ちてる綾之丞かていつか老いぼれるんやで。立ち合いで、いつ不自由な身体にならんとも限らへんやないか」

総十郎の言葉は綺麗事に思えた。

「俺が大村ならとっくに命を絶っておると言うのだ」

叩きつけるように言い放った。

「一色の家と縁が切れるかもしれんっちゅう今、己《おのれ》の行く末かもしれへんて思うから、そないにむきになってるんやろが」

総十郎は身も蓋《ふた》もない言い方で鋭い指摘をした。

「言うといたるけどな、悪いほうへ転がり出したら落ちるのは速いで。綾之丞かて、行き当たりばったりやのうて、しっかり先のことを考えな、あかんで」

まだまだ説教が続きそうな予感に綾之丞は、

「で、大村になんの用だったのだ」

と話の矛先《ほこさき》をぐいっと曲げた。

「綾之丞は『鎌鼬《かまいたち》の平蔵《へいぞう》』ちゅう盗人を知ってるか」

懐手《ふところで》をした総十郎は、新シ橋に足を向けて歩き出した。

「いや、知らぬ」

綾之丞は総十郎に続いて新シ橋を渡り始めた。

新シ橋は、内神田の柳原堤から外神田にある神田久右衛門《きゅうえもん》蔵地に架かっていた。橋の対岸、左手には材木問屋が並んだ佐久間河岸《さくまがし》、右手には久右衛門河岸が、黒々とした闇に沈んでいる。

「ここ二年ほどは鳴りをひそめてるけどな。鎌鼬の平蔵ちゅうたらやで……、手なずけた物乞いどもに火付けをさせて火事場の混乱に乗じて金品を強奪する「鎌鼬組」の頭《かしら》や。凶暴な奴で、今までに何人も殺《あや》めてるんやが……」

お上《かみ》の探索にもかかわらず、まんまと逃げ延びてしばらく身を隠していたらしいが、最近になって、江戸で姿を見かけた噂《うわさ》があるという。

橋に人影はなく、二人の足音が静かに響いた。

「で、噂の真偽を、大村から聞き出していたわけか」

綾之丞の問いかけに、

「わいのことをどないに思てるのか知らんけど、まあ勝手に想像したってんか」

総十郎は大袈裟《げさ》に肩をすくめて片目をつぶってみせた。

(隠密廻り同心という正体を打ち明けてくれたのか)

総十郎との間に、確たる絆《きずな》が結ばれた気がして心にほのかな明かりが点《とも》った。

「物乞い仲間の間で『儲《もう》け話に乗るか乗らぬか』ちゅう話題が行き交《こ》うてるらしいねんけど、話はここまでで、大村はそれ以上、詳しゅう知らんかったわ。なにかわかったら、わいのとこに知らせるて言うてたで」

「火付けの上に押し込み強盗とは、はなはだ許せんな。面白そうだ。総十郎、俺にも手伝わせてくれ」

奮《ふる》い立って拳《こぶし》を握り締め、無闇に張りきったものの、

「綾之丞みたいに目立つ姿形のもんが、こそこそ探索なんか無理やで。火事場で鎌鼬組を見つけたら、せいだい頑張って成敗《せいばい》したってえや」

総十郎は、いい加減な結論で締め括《くく》った。

「火事が起こるまで悠長《ゆうちょう》に待てと申すのか」

総十郎の分厚い胸板を思いきり小突いた。


数日が経ったが、大村からの知らせはなく、磯次や金太《きんた》の聞き込みも徒労《とろう》に終わった。

綾之丞は、いつものごとく稽古帰りに夜の市中をぶらついていた。

(さて、今晩はどちらに向かうか)

いつもの四方で一杯ひっかけた後、足の向くまま神田川に架かる和泉橋を渡り始めた。

橋の中程まで歩くと、土手下に柳森《やなぎもり》神社のこんもりとした杜《もり》が見えた。

立ち止まって橋の欄干《らんかん》に腕を乗せ、ちらちら瞬《またた》く御神燈《ごしんとう》をぼんやりと眺めた。

柳森神社は、稲荷社であるにもかかわらず、なぜか「お狸《たぬき》さまのお社《やしろ》」と呼ば

れていた。

売られている親子狸のお守りが、「他を抜く」という駄洒落《だじゃれ》から発して、勝負事や立身出世に御利益があると人気だった。

綾之丞は「怪力乱神《かいりょくらんしん》を語らず」の通り、怪異《かいい》や不可思議を信じなかった。神仏を崇《あが》める者に反感すら感じている。

（現世での卑俗な御利益を得るために神仏に手を合わせるのは信心とは言い難い。金儲けを企《たくら》む寺社側も参拝客も、どちらもどちらだ）などとどうでも良いことに憤慨《ふんがい》しながら、神田川の暗い川面を見下ろした。

昼間は絶えず行き交っている舟の姿も、今は見えなくなった。

和泉橋を渡れば、先日、総十郎が物乞いと話していた柳原通りだった。

土手沿いの寂しい通りをふらふら歩き、柳森神社へ向かう参道を越えたあたりで、ふと彼方に目を向けた。

筋違門前の火除《ひよ》け地の一角に、屋台の明かりがぽつりと見えた。

土佐井宅で腹一杯食わせてもらったはずだったが、綾之丞の腹の虫がぐうと鳴った。

「夜鷹蕎麦《そば》など、美味《うま》かったためしがないが、腹の足しにはなろう」

灯火に引き寄せられる蛾《が》のように屋台に近づいた。

行灯の表側に「二八」の文字と碇《いかり》の図柄が描かれ横側には「そばうどん」の文字が、妙に崩した金釘《かなくぎ》流で大書されていた。

屋台の軒に吊《つ》るされた風鈴が小さくちりんと鳴った。

「へい、らっしゃい」

少し背中の曲がった親父が、しわがれた声で挨拶《あいさつ》した。

いかにも蕎麦屋らしく小袖《そで》の上に袖なしを着て手拭《ぬぐ》いを「米屋かぶり」していた。

「蕎麦、酒」

綾之丞は、言葉を惜《お》しむように手短に告げた。

常連らしき職人風の男二人が、屋台を囲んで蕎麦をすすっていた。

酒を呑みながら、親父と軽口を言い合って笑う、下卑《げび》た声が耳障《ざわ》りである。

(いらいらする。いつ「黙れ」と怒《ど》鳴《な》ってやろうか)

考えながら、辛口の酒をちびちびと喉《のど》に流し込んだ。

「ん、今の音はなんだ」

男たちの会話を縫って小さいながらも異質な物音が聞こえてきた。

「あの『清水山《しみず》』からじゃねえですか。あそこはなにかと怪しい噂がある場所でやすから。夜でも昼でも、清水山だけは気味が悪くってねえ」

親父が恐ろしげに声をひそめ、客たちも顔を見合わせながら頷《うなず》いた。

「短筒《たんづつ》の音のように思えたな。よし、確かめてくるゆえ、その提灯を貸せ」

職人の腰差提灯を奪い取ると、音のした方角に走った。

「困りますよ、お武家さま」

職人の叫び声が追いすがったが、清水山を恐れて誰も追ってこなかった。

清水山は、柳原土手の中程——筋違橋と柳森神社との間に位置する、山とは名ばかりの小さな丘だった。

丘の下に清水が湧き出す洞穴があるといい、昔から怪異談が囁《ささや》かれていた。

堤の草は、近隣の大名・旗本の屋敷で飼っている馬の餌《えさ》にするために刈られるのだが、清水山の一角だけ、怪異を恐れて鎌を入れる者がいなかった。

四間ほどの幅だけ、灌木《かんぼく》や背の高い草が伸び放題で残されている。

清水山に近づくと、頂上付近で草をがさごそと掻《か》き分ける音がした。

綾之丞は茂みに身を躍らせた。

四十坪ほどの広さしかない狭い丘なので、分け入ればすぐに頂上だった。

地面には、長年の間に吹き寄せられたと思しき落ち葉が深く積もっていた。綾之丞は足音を忍ばせながら慎重に近づいた。

(先ほどの音が短筒だとすれば、迂闊《うかつ》な動きはできぬ)

数人の黒い影が見えた。

腰差提灯の灯《ひ》に気づかれぬよう、茂みに提灯を隠し、さらに接近して灌木の陰から様子を窺った。

男たちが持った提灯は、明かりが目立たぬよう覆《おお》いが掛けられていた。

ますますもって怪しい。

鎌鼬組の名が頭に浮かんだ。

わずかな明かりが、大柄な男の横顔をちらりと照らし出した。

ふてぶてしい面構《つらがま》えの男だった。

狼《おおかみ》のような光を宿す目元や、剃り落としたように薄い眉、分厚い唇が、えも言われぬ凶悪さを表している。一度、見れば、忘れられぬ顔つきだった。

男たちが鎌鼬組だとすれば、この男が頭目の平蔵に違いない。

闘志がむらむらと涌き起こった。

(短筒がなんだ。そうそう弾が当たるものか。怪しい奴らを黙って見逃す手はな

い）

意を決した綾之丞は、茂みに隠していた腰差提灯を素早く取り出した。

「おい、そこでなにをしておる」

男たちのほうに提灯を翳《かざ》した。

「まずい。誰か来やがった」

「面倒だ、長居は無用でえ」

口々に叫びながら、男たちは、生い茂った灌木の間を縫って一目散に土手を駆け下りた。

「待て、怪しい奴らめ」

頂上まで駆け上って男たちの跡を追おうとしたとき。

「おっと」

なにかにつまずいて転びそうになった綾之丞は腰差提灯の明かりで足下を照らした。

「こいつは……」

男が仰向《あお》けに倒れていた。

かぶっていた菰は見あたらなかったが、ぼろをまとった男は、先日、見かけた大村に違いなかった。

まだ息があったが、辛うじて生をつないでいるだけらしく、提灯の光の中で、大村の指先だけが、ぴくぴくと痙攣《けいれん》している。

「おい、大村、しっかりしろ」

大村を抱え起こすと、垢《あか》と埃《ほこり》とが入り混じった饐《す》えた臭いとともに、硝煙《しょうえん》の臭いが鼻腔《びこう》を刺した。

胸のあたりに黒く大きな染みが広がっていた。

至近距離から短筒で撃たれたらしい。

血の臭いにむせる。

「おい、大村、気を確かに」

腕の中でぐったりしている大村の身体を思いきり揺さぶった。

「俺は、総十郎の知り合いだ。おい、大村、返事をしろ」

耳元で叫んだ。

「む……」

大村の唇が動き、閉じられていた瞼《まぶた》がかっと見開かれた。

「総十郎殿の……」

「そうだ。一色綾之丞と申す。おぬしの身の上も知っておる。総十郎になにか伝えることはないか」

　ひと言も聞き逃すまいと大村の口元に耳を寄せた。

「面目ない。拙者《せっしゃ》は嵌《は》められ申した」

　大村の口が悔《くや》しげに歪《ゆが》んだ。

　武家言葉と身なりの落差が哀れを感じさせた。

「……落ちぶれ果てたとは申せ、もとはご公儀《こうぎ》に仕《つか》えた身……。悪事の企みを聞いては見逃せぬと奮い立ったもののこのざまじゃ」

　大村は苦しい息の下で、途切れ途切れに語った。

　自ら買って出て総十郎の密偵を務めていた大村は、物乞いをして歩きながら市中を探索して廻った。

　今夕になって、物乞い仲間の一人から『今宵《こよい》、夜五つ、清水山に物乞いが十人ほど集められるそうな。どういう集まりか知らねえが、ともかく銭になる話らしい。あんたも行ってみりゃいい』と聞かされた。

　その物乞いは新入りで、見知らぬ男だった。

　おそらく鎌鼬組の手先だったのだろう。

て立ち去った。

総十郎に知らせようと長屋に走ったが、あいにく留守で家に誰もいなかった。腰高障子《こしだかしょうじ》を開けてこっそり中に入り、部屋にあった反古紙《ほごがみ》に文《ふみ》を書きしたため
総十郎に出会えぬまま、夜五つ（午後八時頃）になった。

清水山に近づくと、頂上付近で人が大勢いる気配がした。

集まった物乞いたちに、火付けの手はずを教えているに相違ないと考えた。

清水山に上ったところ、鎌鼬組の者たちが潜《ひそ》んでいていきなり撃たれた。

――という経緯だった。

「おい、大村、話はそれだけか」

大村をつかんだ手に力を込めてゆさゆさ揺さぶった。

「相すまぬ」と大村は残念そうに応えた。

手がかりの断片《だんぺん》すらつかめなかった。

落胆すると同時に焦《あせ》りを感じた。

(俺が、お蝶のように隠密ならば、重傷の大村を放置して躊躇《ためら》いもなく先ほどの男たちを追ったろうが……。こういう場合、総十郎ならばどう対処したろう)

大村はまだ生きている。大村を放って鎌鼬組の追跡はできなかった。

「むざむざ騙《だま》し討ちに遭うとは……、せ、拙者も焼きがまわったものだ」

二度三度と大村は大きく息を吐き出した。

声がますます力を失って聞き取れぬほど小さくなった。

「総十郎殿には……、ようしていただいた。役に立たず相済まぬと……」

そこまで語った大村は、目を見開いたまま無念の表情で事切れた。

綾之丞は、大村の遺体を落ち葉の積もった草むらに寝かせた。

（とにかく追おう）

すぐさま土手を下って黒い影が逃亡した方角に向かった。

灌木や高く茂った草が邪魔で思うように走れない。

「やはり遅かったか」

土手下に着いたときには、もはや人影は消え失せていた。

清水山の名の由来通り、湧き水が流れ出しているらしく、涼やかな音が聞こえる。耳を澄ますと、暗い水面を漕《こ》ぎ去る艪《ろ》の音が彼方に遠ざかっていく。

「舟で来て、舟で消え失せたわけか」

地団駄《じだんだ》を踏んで悔しがっても後の祭りだった。

「ん？」

もと来た道を引き返す途中で、ぴたりと足を止めた。

清水山の頂上付近で人の気配がした。

暗闇の中、大村の遺体の近くに誰かいる。

綾之丞は、提灯を腰に差して「関《せき》の孫六兼元《まごろくかねもと》」の鯉口《こいぐち》を切った。

「そこにいるのは誰だ」

愛刀の柄に手をやりながら、闇に向かって叫んだ。

「わいやがな、綾之丞」

総十郎の声に、肩の力を抜いて大柄な影に近寄った。

「一歩、遅かったわ。大村はんには気の毒なことをしてしもた」

総十郎はよほど夜目が利くのだろう。

提灯も持たぬまま、大村の遺体の前で膝を突いて検分していた。

「わいが留守してたばっかしに……」

阿久里はお蔦の家にいたため大村の来訪にまったく気づかなかった。

長屋に戻って事の次第を知り、ようやく駆けつけたのだという。

総十郎は、見開いていた大村の瞼《まぶた》を大きな掌《てのひら》で撫《な》でて閉じさせた。

「大村は、もと御家人という矜持《きょうじ》を忘れてへんかった。貧しい物乞いの心につけ入る盗賊が許せんて言うてたわ。義俠心《ぎきょう》が仇《あだ》になったんかいな」

総十郎は大村の遺体に手を合わせてから、静かに立ち上がった。

「単純に決めつけてはいかんということか。弱い者でもときに強くなれる。人は複雑なものなのだな」

綾之丞は、総十郎とともに清水山を下った。


十日ほど経ったが、鎌鼬組の手がかりはまったくつかめぬままだった。

平蔵も慎重になっているのだろう。物乞いたちの動向を探っても、まったく怪しい動きがなかった。

探索は町方に任せて普段通りの暮らしを続けるしかなくなった。

綾之丞は、稽古が終わった後、井戸端で念入りに身体を拭《ふ》いていた。

「土佐井先生が呼んではるさかい、後から来《き》いや」

濡れ縁《えん》から総十郎が声をかけた。

「承知」

綾之丞は、稽古着から小袖・袴《はかま》姿に着替えたあと、着こなしや髪に隙《すき》がないかどうか念入りに確かめてから土佐井の居室に赴《おもむ》いた。

昼間は開け放たれている障子だが、日が落ちかけた今はぴたりと閉ざされていた。

「お呼びでしょうか」

濡れ縁に膝をついて神妙な口調で、部屋の内に声をかけた。

「おお、入ってよいぞ」

「では失礼いたします」

障子に手を添えて静かに開いた。

「！」

一礼しようとして、綾之丞はそのまま固まってしまった。

なんと、土佐井と並んだ上座に、兄・一之丞《いちのじょう》の、嫌みなほど清々《すがすが》しい笑顔があるではないか。

「綾之丞、元気そうでなによりじゃ」

相変わらず、単純で鈍感な好青年ぶりが、同じ父親の血を分けた兄ゆえ、なおさら憎らしかった。

「土佐井殿にたいそうお世話になっておると聞いてな、兄として挨拶に参ったのじゃ」

一之丞は澄ました顔で応えた。綾之丞は、

「姑息《こそく》な策を弄《ろう》するとは『敵も然《さ》る者』だな。兄者め、土佐井先生の面前なら、俺さまとまともに話し合えると考えおったのだな」

聞こえぬように小さく毒づきながら末席に座した。

「その太刀も泣いておろうのう」

一之丞は、綾之丞が右脇に置いた関の孫六兼元に目をやった。

孫六兼元を見つめる一之丞の眼差しには、羨望《せんぼう》の色が感じられた。

関の孫六兼元は、父から譲られた逸品で、切れ味が優れていると同時に、美しい刀だった。

特色のある刃文は「三本杉」と呼ばれて互《ぐ》の目尖《とが》り刃が一定の間隔で連なっている。巷《ちまた》では『関の孫六三本杉』と囃《はや》されて名高かった。

（やはりな）

心のうちで嘲笑《ちようしよう》しながら口角を上げた。

（兄者とあの女が、一蓮托生《いちれんたくしよう》のごとくつるんでおる根底には、父上に依怙贔屓《えこひいき》されておる俺への妬《ねた》みがあるのだ）と考えれば溜飲《りゆういん》が下がった。

義母は、一万石あまりの小国とはいえ大名家の息女だった。

多額の持参金とともに嫁《とつ》いできた義母に、父・銀之丞《ぎんのじよう》は頭が上がらなかった。

銀之丞は妻への腹いせのように一之丞を疎《うと》んじ、真に好き合った女が産んだ綾之丞の肩を持っていた。

(あれは十四のおりだったな)

当時の誇らしい光景が、目の前に輝いた。

ある晩、綾之丞一人、座敷に呼びつけられた。

月の明るい晩だった。

いつになく、おごそかな空気が室内を支配していた。

床の間を背にして座した銀之丞は、古めかしい木箱を開けて家宝の古刀を取り出した。

古刀は、龍の文様が描かれた金襴《きんらん》の刀袋に納められていた。

銀之丞は、古刀——関の孫六兼元を恭《うやうや》しく手渡しながら、綾之丞の目をじっと見つめて「大事にいたせ」とだけ告げた。

父の心情がただただ嬉しかった。

まだ十四だった綾之丞は、驚きのあまりに理由を質《ただ》せなかった。

真意は、いまだにわからない。

銀之丞は、兄より弟に剣の才能を見い出して期待を込めたようだった。

幼少時から問題を起こし続ける綾之丞に対して「真っ当に育って欲しい」との願いもあったろう。

父の願いになんら応えぬまま、今日に至っていたが……。

「戻る気などありませぬ。説得はご無用に願います」

綾之丞の取り付く島もない言葉に一之丞は、やれやれといった表情で苦笑した。

「ところで、ほかでもないのだが……」

一之丞は、弟思いの兄らしい慈愛に満ちた顔で、綾之丞に膝を向けた。

「母上は今、この近くの普門《ふもん》寺にお籠《こ》もりに参っておられるのだぞ」

思い出したくもない普門寺の名が、突如、一之丞の口から飛び出した。

幼少時代、お堂に閉じ込められて折檻《せっかん》された記憶が次から次へと蘇《よみがえ》った。

「それがどういたしましたか、兄上さ・ま」

「兄上さま」の「さま」に力を込めた。

「鈍い奴め。母上は、そこもとが屋敷へ戻るようにと願かけをなさっていると申しておるのだ。先日は水垢離《みずごり》をなされたせいで風邪を召され、数日間、寝込まれたのだぞ」

一之丞は、いかにも痛ましげに目をしばたたかせた。

絶対的に義母の肩を持つ一之丞は、なにかと言えば『そなたは悪戯《いたずら》がすぎる。母上に対する、その無礼な態度はなんだ』と一方的に責めるばかりだった。

鈍感な傍観者は、往々にして『虐《しいた》げられる者にも落ち度がある』などと言い出すものである。

「水垢離をしてみたものの、まだ水が冷たかったゆえ、風邪にかこつけてやめたに違いない。お籠もりと称しておってもなにを祈っておるのやら」

綾之丞はぷいと顔を背《そむ》けた。

「ははは、そなたこそ思い違いをしておるぞ、綾之丞」

一之丞は、いかにも可笑《おか》しげに笑いながら強く否定した。

「母上はな、水垢離も、普門寺でのお籠もりも、父上や拙者に内緒にしておられるのだ。家人たちの口に戸は立てられぬから、我らに筒抜けなのじゃがな。ふふ、世間知らずな母上らしいことよ」

一之丞は目尻を下げて屈託なく笑った。

(信じられぬ。父上や兄上の手前、俺を案じる芝居をしておったのではなかったのか)

頭の中は、たちまち大混乱に陥《おちい》った。

「そなたにも意地があろう。今すぐ屋敷に戻れとは言わぬ。だが、母上のお心を十二分に斟酌《しんしゃく》いたすようにな」

一之丞が物わかりの良い言葉で締めくくったが、綾之丞の耳には意味を成さない雑音でしかなかった。

三

綾之丞は、夢の中で義母と二人きりで話していた。

夢の中の義母は、微笑《ほほえ》んだり、顔をしかめたり、百面相《ひゃくめんそう》のように表情を変えて定まらなかった。

ジャーン、ジャーン、ジャーン。

半鐘《はんしょう》が鳴っている。

現《うつつ》に引き戻され、夜着を蹴飛ばして跳ね起きた。

寝惚《ぼ》けた頭の中で、まだ義母の狐《きつね》顔がちらついていた。

火の見櫓《やぐら》に吊るされた半鐘が連打されれば火事は近い。乱打されれば火が迫っている。

半鐘の音は間隔が間遠く、慌《あわ》てて起きるほどの近さではなかった。

(火事はどこだ)

手早く浴衣から小袖《そで》に着替えて着流し姿になった。

(とうとう鎌鼬組が動いたに相違ない)

大張りきりの綾之丞は、急いで関の孫六兼元を腰に帯びた。

三和土《たたき》に降りて雪駄《せった》を履《は》き、長屋の路地に出た。路地に囲まれた狭い空を見上げると、北西の方角が明るく見えた。

「火事はどこでえ」

「とにかく、様子を見てくらあ」

長屋中が目を覚まし、男連中が下帯一丁で木戸から通りに駆け出す。

だらしなく浴衣や小袖を羽織っただけの女連中も、家々の腰高障子《こしだかしょうじ》から不安と好奇心が入り交じった顔をのぞかせていた。

「火消しの邪魔をしちゃいけねえ。火事場に近づくんじゃねえぞ」

長屋木戸の外から店子《たなこ》に注意する磯次の大声が聞こえた。

表通りに向かった。

起き出した人々が朱に染まった彼方の空を見上げて騒いでいる。

「こりゃあ、仙台堀の向こうでえ」

　誰かが野太い声で叫んだ。

　仙台堀は隅田《すみだ》川からの入り堀で、幅は六間《けん》もある。河口に架かった上之橋《かみの》の北詰に仙台藩蔵屋敷があったため「仙台堀」と命名されたという。

「よっぽどの大火でもなけりゃ、こっちにまで燃え移る心配はねえやな」

「ひとっ走り、様子を見てくるか」

　我が身と無関係な火事ほど面白いものはない。長屋の連中が興奮した口調で言い合っている。

「おい、綾之丞。一之丞はんが言うてはった、普門寺の方角と違《ちゃ》うんか」

　総十郎が、綾之丞の肩をぽんと叩いた。

　大小を帯びた総十郎は火事場に馳《は》せ参じる気満々ですでに袴《はかま》まで身につけていた。

「もしもっちゅうことがあるで。早よ行ったらんかい」

　総十郎の目には、からかいの色があった。

「指図《さしず》するな。そもそも、あの女がどうなろうと知ったことじゃない」

　総十郎の冗談に、ついつい本気で反発してしまった。

「ほな、行かへんのかいな」

「平蔵一味の仕業《しわざ》に違いない。行くに決まっておるではないか」

「えらい気張りようやけど、ただの火事かもしれへんで、綾之丞はん～」

二人して言い合っているところへ、

「飛鳥先生に、綾之丞さん、わしも行きますぜ」

尻を端折《はしょ》った磯次が駆け寄ってきた。

「刻《とき》を無駄にするな。行くぞ」

綾之丞は、先に立って空が紅く染まる方角へ走った。

江川《えがわ》橋を渡って右手に寺院、左手に町屋が並んだ深川寺町の通りを抜けた。

このあたりまで来ると、半鐘がジャン、ジャン、ジャンと連打されていた。

仙台堀に架《か》かる海辺橋を渡った。火事場に向かって野次馬が騒ぎながら走っている。

火事場はどんどん近くなった。

高揚《こうよう》感が皆の足をさらに速める。

両側に武家屋敷が並ぶ海辺橋通を表門前町に向かった。右手に浄心《じょうしん》寺、左手には霊巌寺の別院・塔頭《たっちゅう》などが立ち並んでいる。

近づくに連れて、半鐘の音は「摩半《すりばん》」に変わった。火がすぐそこに迫っていると告げている。半鐘の中を撞木《しゅもく》で摩《す》るように連打する、狂ったような音が響く。

町火消し・南組の三組が血相を変えて火事場へ駆けつける。

ちなみに本所深川の火消しは「いろは四十八組」ではなくて「本所・深川十六組」である。千二百人あまりの火消し人足を擁《よう》する十六組を南・中・北の大組に分けていた。

刺し子の半纏《はんてん》に猫頭巾《ずきん》の鳶《とび》の者が、鳶口を持ち、木遣《きや》りの声を上げながら進んでいく。木遣りの殺伐《さつばつ》とした響きが耳を圧した。

列の前方には梯子《はしご》、中ほどには纏《まとい》、後方には竜吐水《りゅうどすい》が続いた。高提灯《たかちょうちん》があたりを頼もしく照らす。

一方向に向かっての人の流れは、どんどん太い川になった。

綾之丞らは、混雑を増していく通りを走った。

息切れした磯次は落伍《らくご》して姿が見えなくなった。

鎌鼬組相手にひと暴れできるかと思うと、期待と興奮が入り交じって頰《ほお》が焼けるように熱い。

火事場が間近になると潮目が変わるように、荷物を運んで逃げてくる人々とぶつかるようになった。

気づけば総十郎ともはぐれていた。

大八車に大きな荷物を積んだ職人風体の男が真横を駆け抜けた。

「おい、火事はどこだ」

「普門寺さんから火が出たんでえ。表門前町まで飛び火して燃えてるぜ」

男は言うだけ言うと、混雑の中に消え去った。

「え？」

綾之丞は、一瞬、男の言葉が理解できずに立ち止まった。

（まさか……。よりにもよって普門寺から火が出たとは……）

総十郎の悪い冗談が誠に変じてしまった。

普門寺が火元なら、当然、鎌鼬組とは無関係だった。

小さな寺を鎌鼬組が狙うはずがない。

悪人どもを成敗《せいばい》しようと張りきって馳せ参じたはずが、とんでもない成り行きになった。

「あの女のことだ。悪運強く、とっくに逃げておろう」

口に出して言ってみたものの、地形を考えれば、義母が無事かどうかは、はなど狭かった。
　お籠《こ》もり堂は寺域の奥に位置している。
堂へ通じる道は一本しかなく、道の両側には木々が繁茂《はんも》して人がすれ違えぬほ
ど狭かった。
（寺ならいくらでもあるのになぜ、普門寺なんぞに籠もったのだ。俺への嫌がら
せか）
　腹を立てながら、群衆を掻《か》き分けて走った。息が切れる。
（あの女がどうなろうとかまわぬ。むしろ、この世から消え失せれば清々《せいせい》する）
　思いながらも足は先を急いだ。火の粉がどんどん増す。
　辻《つじ》を曲がれば普門寺だった。
　辻を曲がった途端、熱気がどっと襲いかかってきた。耐えられぬほど熱い。
「ここからは四組の持ち場でえ。誰も入らせねえぞ」
「危ないから下がって下がって」
　先に到着した火消しや、半纏《はんてん》・紺股引《ももひき》姿の家主《いえぬし》たちが通行を阻止《そし》していた。
「寺に籠もっていた人は逃げたか？」
　火消し人足の頭格に尋《たず》ねたが、それどころではないらしく返事がなかった。

「火の廻りが速かったですからな。お籠もりしていたお方は……」

着の身着のままで逃げ出したらしい僧が、声を震《ふる》わせながら合掌《がっしょう》した。

「あ、てめえは普門寺の和尚《おしょう》だな」

皺《しわ》が増えて頬がたるんだものの、福々しい顔は幼い頃の記憶と同じだった。

子供の頃は、鬼のように恐ろしいと思っていた住職だったが、今見ればただの年寄りでしかない。

相手は、目の前の武士が、綾之丞だと気づきさえしなかった。

「己《おのれ》だけのうのうと逃げて参ったか」

睨《ね》めつけながら、住職の胸倉《むなぐら》を力一杯つかんだ。

「お武家さま、な、なにをなさいます」

住職が恐怖で顔を引き攣《つ》らせた。

普門寺の堂宇《どうう》が炎に包まれている。

火勢が強く、手押しで放水する龍吐水《りゅうどすい》など役に立たない。焼け石に水だった。

延焼を防ぐしかない。

鳶口《とびぐち》・大鋸《おおのこ》を手にした火消し人足が、火事場に隣接した門前町の町屋を懸命に壊している。

町屋の屋根の上で、纏持ちが振りまわす纏が勇壮に踊る。

住職の胸倉をつかんだ手から力が抜けた。

（もうダメだ）

住職は大慌てで、ばたばたと逃げ去った。

「俺のために籠もって命を落とすとは、あの女に似合わぬ。柄《がら》にもない殊勝《しゅしょう》なことをいたすから、このような目に遭《あ》うのだ」

綾之丞は独りごちた。

憎しみ合った相手があっけなくこの世から消え失せて拍子抜けしてしまった。

（俺も確かに悪かったが……、あの女も意地になってひどい折檻《せっかん》をしおった。俺に嫌われようとしていたとしか思えぬ所業であった）

記憶に残っている、一番、最初の「事件」から、すでに最悪だった。

四歳になったばかりの綾之丞は、ある日、御馬屋棟の前に生えている樫《かし》の古木に登ってみた。

中程にある大枝までよじ登って得意になった綾之丞は、たまたま樹下を通りかかった、老家人の頭上に小便の雨を降らせた。

義母から顚末《てんまつ》を聞かされた父は『わしにも覚えがある。男児はそのくらい元気が良い』と笑ってすませたが、義母は綾之丞を追いまわして馬の鞭《むち》で打ち据えた。

『俺を嫌う義母が、些細《ささい》な悪戯《いたずら》をひどい折檻の口実にした』と感じた幼い綾之丞は、痛みと理不尽さに対する負けじ魂ばかりをつのらせた。

その日以来、義母に挑むかのように、悪戯に磨きをかけていった。

長じるまで義母との戦いの日々が際限なく続いた。

いや、今も形を変えて続いている。

（少々、俺も心得違いをしておったかもしれぬ）

今になって、別な捉《とら》え方ができたのではないかと思えた。

総十郎や土佐井を別の角度から見れば、まるで違った人物に見えたではないか。

（ほんの少しでも、あの女の立場に立って見れば、見方が変わって少しは歩み寄れたかもしれぬ。俺があの女だったら、あの程度の折檻では済まさなかったろう）

唐突に義母の白い手を思い出して紅く染まった空を見上げた。

白い手に宿った色鮮やかな蝶が、天を指して炎の中を舞い上がる。夢幻のような光景が心に浮かんだ。

（そうだ）

いきなり天の啓示が舞い降りた。

（裏手から廻れば、お籠もり堂へ抜けられる、道とも言えぬ道があったはずだ）

幼い日、灸《きゆう》をすえようとする住職から逃げまわった際、偶然、獣道《けもの》のような小道を見つけた。

堂の裏手から隣接する仕舞屋《しもたや》の庭へとまんまと逃げおおせたという記憶が蘇《よみがえ》った。

「おい、火事場装束《しようぞく》を貸せ」

綾之丞は、近くにいた若い火消しの半纏をいきなりはぎ取りにかかった。

半纏は木綿の糸で縦横に刺し子された袷《あわせ》で、あらかじめ水をかぶって十二分に湿らせてあった。

「なにしやがるんでえ」

気が立っている火消しは殴りかかってきた。

「貸せ、貸しやがれ」

足払いをくらわせた。

男は地面に尻餅《しりもち》をついた。

男の腹に蹴りを入れた。

腹を押さえてひるんだ男から半纏と猫頭巾を奪うや一目散に駆け出した。

「あれは……」

ふと目を向けた先に、一之丞の姿が見えた。

「そこを通さぬか。母上が中に取り残されておられるのだ」

周囲にいる火消しや町役人に向かって居丈高《いたけだか》に呼ばわっている。

「旗本三千石、一色家の若さまが、この通り、頼んでおられるのだぞ」

供の家人たちも、必死の形相《ぎょうそう》でがなり立てる。

「いくら立派なお武家さまのお言いつけでも無理でさあ。火の勢いを見なせえ。飛び込めば焼け死ぬだけでえ」

「死んでもかまわぬ。母上を見殺しにするような不孝を犯すよりましじゃ」

上擦《うわず》った声音で、火消したちと言い争っているさまが見苦しい。

(なんたる愚かさだ)

取り乱した言動が、肉親であるだけに、なおさら恥ずかしかった。

(せいぜい火消しどもとやりあっておれ。兄者を出し抜いて大事なお母上さまをこの俺さまが助け出せば……、兄者はどのような顔をいたすか)

想像すれば愉快だった。

今後は、一之丞とて、兄貴風を吹かせて頭ごなしに叱りつけることなどできなくなるだろう。

そして、一番の眼目は……。

あの女に、恩を売ってやることだった。

混乱の中、水を含んで持ち重りする半纏を小脇に抱え、普門寺の裏手に向かって駆けた。

「確か、ここだった」

記憶を頼りに、小高くなった裏手から走り降りた。

道はまったく使われていないらしく、草が高く生い茂っていたが、両脇の木々の生え具合から道筋だけはわかった。わずかに、獣が通ったような形跡がある。

(間に合ってくれ。俺を男にしてくれ)

草を掻《か》き分け、踏みつけて急いだ。

長い時間のように思えた。

曲がりくねった小道の先に、お籠もり堂が小さく姿を現した。

裏手に隣接して立つ仕舞屋の黒い影も見える。幼い頃、和尚の折檻を逃れて逃げ込んだ屋敷に違いなかった。

材木問屋で材を成した村山屋忠造《むらやまちゅうぞう》が隠居所として建てた豪壮な住まいで、穏和な隠居夫婦は今も健在だった。

(金子《きんす》や書画骨董《こっとう》などを慌てて運び出している最中だな)

仕舞屋のうちから、なにやら立ち騒ぐ声や、大きな物音が聞こえてきた。

(もう少しだ)

お籠もり堂への分かれ道に近づいたときだった。

仕舞屋の裏木戸から、十ほどの黒い人影が躍り出てきた。

一団は統制の取れた素早い動きだった。

「やや」

細い道の真ん中で、綾之丞と男たちは鉢《はち》合わせした。

「てめえら村山屋の者ではないな。鎌鼬組だな」

男たちは手拭いや布で覆面《ふくめん》や頬《ほお》かぶりをし、重そうな千両箱や葛籠《つづら》を担《かつ》いでいた。

鎌鼬組の狙いは、村山屋の楽隠居・忠造が住まう仕舞屋だったのだ。

裏隣の普門寺が火事となれば、忠造の家の者は慌てる。しっかりと戸締まりした表戸を開けたところを、戸口で待ち構えていた鎌鼬組が雪崩《なだ》れ込んだのだろう。

仕舞屋から聞こえた喧噪《けんそう》には、忠造夫婦や使用人たちが殺害される悲鳴が混じっていたに違いなかった。

「許さぬ」

綾之丞は、脇に抱えていた火事場装束を傍《かたわ》らに放り投げた。

怒りに震《ふる》えながら、孫六兼元の鯉口《こいぐち》を切った。

「なんだ、若造」

近づいた男たちからは血の臭いがした。

興奮して目を血走らせている。

「運の悪い奴め。見られたからにゃ生かしておけねえ」

先頭にいた覆面の男がいきり立った。荷物を放り出して長脇差の鞘《さや》を払う。

後方にいた大柄な男が、低い声を発した。

「その声にゃ聞き覚えがあらあ。清水山でわしらを追ってきた若造だな。こりゃまた偶然でえ。あんときゃ大事の前の小事と見逃してやったが、今宵《こよい》はそうはいかねえ」

覆面で隠した目元だけで、清水山で見た極悪な面相《めんそう》の男だとわかった。

この男が鎌鼬組の頭、平蔵に違いなかった。

（間が悪い）
鎌鼬組に対する激しい戦意と同時に、焼け付くような焦慮《しょうりょ》を覚えた。
凶暴な敵は十人あまりで武士も二人混じっている。
すぐに決着はつくまい。
おまけに平蔵は短筒《たんづつ》を所持しているはずだ。
（まずい。一刻も早くお籠もり堂へ行かねばならぬのに……）
汗が顔の輪郭《りんかく》を伝って流れ落ちた。
ともかく鎌鼬組を排除するほか道はない。
「さあ来い。さっさと片づけてやる」
意を決した綾之丞は兼元を抜き放った。
賊どもも、それぞれの武器を手に思い思いの格好《かっこう》で身構えた。
剝《む》き出しの殺意が突き刺さる。
「任せろ」
浪人二人が前に出て、先頭にいた手合いが後退した。
「この若造めが！」
背の高いほうの浪人が、大刀を振りかぶって突進してきた。

抜き胴一閃《せん》。

「げっ」

右脇腹の肝臓《かんぞう》を斬られた浪人は、驚きの表情を浮かべたまま崩《くず》れ落ちた。

草むらに倒れた浪人の腹から、鮮血がどっと噴き出した。

「なにっ」

一瞬の後れで斬りかかろうとしたもう一人の浪人が、その場で蹈鞴《たたら》を踏んだ。

「もう一匹」

すり寄った綾之丞は、男の胴を薙《な》いだ。

「ぐえっ」

浪人は灌木の茂みにぶつかり、跳ね返されて道に転がった。

「先生がたが……」

「いけねえや」

賊どもは、綾之丞の腕に恐れをなしてずずっと後退した。

かけ声ばかりでなかなか攻撃に出ない。

「さあ、早く来い。まとめて冥土《めいど》へ送ってやる」

綾之丞は挑発した。

(早く斬り抜けねば間に合わぬ。しかし……)

賊の間に無闇《むやみ》に斬り込めば、短筒で至近距離から撃たれる恐れがあった。

もたつく間にも火は堂を焦《こ》がし続ける。

今にも焼け落ちる。

「どけ、どけ」

賊たちを押しのけて平蔵がずいと前に出てきた。

「若けえの、なかなか腕が立つじゃねか、けどよ、これが目に入らねえか」

手には火縄式の銃があった。扱い慣れた構え方である。

「勝野《かつの》流からみ筒ってやつでえ。こいつは優れものでよお。一発撃つたびに銃身を手で回転させりゃ、ちゃあんと次の弾が撃てらあ。速射が自慢の銃ってわけだ」

短筒よりやや長めの馬上筒で、輪廻《りんかい》式三連火縄銃だった。

三匁《もんめ》五分玉を発射する小口径の銃だろう。

火縄銃なので、携帯している種火で火をつけねばならないから手間がかかる。

だが、火打ち式に比べてかなり優秀だった。

火打ち式は発火せぬ場合があるうえ、撃発の衝撃で銃身がぶれて命中度が低かった。

「どうでえ、手も足も出ねえってか」

銃口が狙ってくる。

動く的に的中させる技は至難とはいえ、狙いを外させるよう動きまわるには道幅が狭かった。

「う、う……」

立ちすくんだまま狙い撃ちされて命を落とすなど、武士の死に方ではない。

(死中に活を求めるにしかず。弾の一発や二発、当たる覚悟で行くしかない)

一か八かに賭《か》ける覚悟をした。

「飛び道具が怖くて、剣客《けんきゃく》がつとまるか」

悪党の群れに斬り込もうとした、そのとき。

「こんな抜け道があったんやな」

どんな局面でも悠長《ゆうちょう》に聞こえる総十郎の声が響き、仕舞屋の裏木戸からぬっと大柄な姿が現れた。

突如、闖入《ちんにゅう》した総十郎に喫驚《きっきょう》した賊どもは、一斉に後ろを振り向いた。

綾之丞を狙っていた平蔵の銃口も、総十郎に向けられた。

「誰でえ」

「捕方じゃねえな」

平蔵一味は、てんでにわめきだした。

「仕舞屋の表から踏み込んだんやけど手遅れやった。けど、ここで綾之丞が引き留めてくれてたおかげで、賊を逃がさんですんだわ」

総十郎は、にやりと笑った。

鎌鼬組の狙いに気づいた総十郎は、別行動を取っていたのだ。

「参る」

総十郎は、舞うような動きで一味の間を、するり、するりとすり抜け、駆け抜けた。

凶暴な一味は、後方から順に斬り崩された。

火事場の火に照らされた総十郎の顔は、陰影が深まって鬼神を思わせた。

「わわわ、なんでえ」

総十郎の動きの速さの前には、平蔵の馬上筒も狙いが定まらなかった。

賊は平蔵を除いて、すべて打ち倒された。

「ええい、この腐《くさ》れ浪人め、くらえ！」

平蔵の怒鳴《どな》り声とともに、銃声が響くと思われた。

だが、総十郎に銃口を向けたまま、平蔵は何度も引き金を引くばかりだった。

「ひええええ」

銃声の代わりに平蔵の頓狂《とんきょう》な声が響いた。

「火挟みがーっ、き、斬られた。い、いつの間に……」

狼狽《うろた》える平蔵の言葉で、綾之丞はようやく合点《がてん》がいった。

総十郎が、銃身の上をかすめるように火挟みだけ斬ったのだ。

あまりの早業《はやわざ》ゆえ平蔵は気づかずに撃とうとして唖然《あぜん》となったのだった。

火挟みは、引き金と連動して火縄を固定し、火皿に火をつける金具である。金属でできているものの、刀なら切断は可能だった。

「どないや、銃がのうなったら、どないもならんやろが。それとも、まだやるけ？」

総十郎はからかうように、からからと笑った。

「お宝は諦めらあ。三十六計、逃げるにしかずでえ」

平蔵は腰を低くして長脇差を手に身構えた。

総十郎の腕に恐れを成した平蔵は、綾之丞に的を代えた。

平蔵の身体が水平なほど沈み、

「きえええええー！」

鋭い一撃が、綾之丞めがけて突っ込んできた。

「むん」

切っ先を一髪の差でかわした綾之丞は、平蔵を袈裟《けさ》懸《が》けに斬り下ろした。

「ひええっ」

平蔵は無様に転倒しながらも、綾之丞の切っ先を逃れた。

転がりながら素早く起き上がった。

「わわわわ」

逃げを打とうと平蔵は、お籠もり堂へ向かう道に走り込んだ。

「待て！　平蔵」

綾之丞が追う。

「平蔵、てめえは、俺が叩っ斬る！」

逃げる平蔵に追いすがるや、背後から得意の左片手突きをくらわせた。

兼元が平蔵の身体に吸い込まれるようにめり込んだ。

胸板を突き抜けた感触に刃先をぐいと捻《ひね》った。

平蔵の背中に左足をかけ、めり込んだ分厚い肉塊《にくかい》から兼元をずぼっと引っこ抜いた。

「ぐげげげ」

水の中を泳ぐように平蔵の両腕が何度か宙を掻いた。

巨体は、二、三歩よろめいてから、重い音を立てて草むらに倒れた。

鎌鼬組は壊滅した。

だが安心している場合ではない。

正念場はこれからだった。

草むらから火事場装束を拾い挙げた綾之丞は、

「総十郎、行って参る」

『相棒』に向かって一声発した。

平蔵の骸《むくろ》を踏み越えて脱兎《だっと》のごとくお籠もり堂に走った。

「無理するんやないでえ」

総十郎の叫びが背中に響いた。

いつも通り間の抜けた大坂弁が、綾之丞を勇気づけた。

「義母上《ははうえ》！」

堂はすでに完全に炎に包まれていた。炎が屋根を舐《な》め上げている。
「もう無理か……」
足が止まった。いや、すくんでしまった。
朦々《もうもう》たる煙で目を開けていられない。
火の粉が降り注ぎ、柱が崩れ落ちる音が耳を威嚇《いかく》した。
動物としての勘が危険を告げている。
だが……。
『あの女に恩を売ってやる』という意地があった。
ここで引けない。
「ええい、くそ婆《ばば》ぁめ、世話をかけおって」
迷いをすっぱり断ち切った。
抱えていた火事場装束を羽織るや今にも燃え落ちそうなお籠もり堂に飛び込んだ。
崩れそうな階《きざはし》を駆け上る。
堂の扉を押した。
扉が勢い良く左右に開いた。

灼熱《しゃくねつ》地獄が綾之丞を襲う。

水を含んだ火事場装束に身を固めておらねば、たちまち身体全体が燃え上がっていただろう。半纏の水気が朦々とした蒸気に変わる。

熱いというより痛い。

炎渦《うず》巻く中、激流を押し渡るように前進した。

（あれだ）

炎にまかれて床に伏した小さな人影があった。

「『母上』！」

火の粉を払いながら駆け寄った。

「母上、しっかりしてください」

心のうちには、「義母上《ははうえ》」ではなく「母上」の文字が浮かんでいた。

母が身にまとった高価な衣類はあちこち焦げて煤《すす》で黒ずんでいた。髪も乱れていたが、気品のある美しい顔立ちは確かに母だった。

綾之丞は、母の身体を抱き寄せてすぐさま水滴《すいてき》が垂《た》れる半纏をかぶせた。

（これほどに、か細く、折れそうな身体とは……）

声も出せずに震える母を抱きかかえて堂の外に走り出た。

背後で堂が焼け落ちる轟音《ごうおん》と振動が響いた。

凄《すさ》まじい音を聞いて始めて、綾之丞は怖気《おじけ》を感じた。懸命に先を急ぐ。

ようやく、もとの道に戻った。

「ここまで来れば、もう大事ない」

安堵《あんど》の感情が染み入るように胸を浸した。

頭巾と半纏を脱いで大きな息を吐きながら、傍《かたわ》らの母に目をやった。

心が平静になれば、義母はやはり「義母」でしかないと思えた。

「やれやれ、おかあはんは無事やったか」

総十郎が夜目にも白い歯を見せながら歩み寄ってきた。

綾之丞は改めて周囲を見渡した。あちらに一人、こちらに一人という具合に、男たちが倒れて呻《うめ》いていた。

「賊どもを斬り捨てなかったのか」

「縛《しば》り上げんでも逃げられへん程度に傷を負わせてあるねん。ここはお江戸や。旅先とは違《ちゃ》う。お上《かみ》のお裁きに委《ゆだ》ねんとあかんさかいな。……ほなら、行こか」

総十郎の言葉を合図に、道なき道を歩き出した。

義母を支えながらでは、思うように進みそうもなかった。

風向きが変わって煙が押し寄せてきた。

「ここかて火がまわってきよるかもしれへんで。げほん、ごほん」

総十郎は、大袈裟に咳《せ》き込むと、

「ご母堂、ご無礼つかまつる」

義母の身体をひょいと抱き上げて走り出した。綾之丞も続く。

「こっちゃ、こっち」

総十郎の提案で、混乱する通りとは逆に進み、浄心寺の敷地内に入った。

広い境内にも煙が漂っていたが、火の粉は飛んでこず、炎の脅威は感じられなかった。火消し人足や野次馬、避難してきた人々の姿があるものの、火事場特有の緊迫感はなかった。

「綾之丞、そなたが、わらわを……」

松の木の根元に、へなへなと座り込んだ義母は、泣き笑いのような笑みを浮かべた。

(俺の知っている義母じゃない)

今にも泣き出しそうな義母の顔に戸惑った綾之丞は、

「俺へのおためごかしに堂に籠もるなど、つまらぬ考えを起こすから、かえって仏罰が下ったのだ」

いつものごとく罵声《ばせい》を浴びせた。

「あらまあ」

義母は、一瞬で、笑みを消し去るや、取り澄ました普段の顔に戻った。

「誰がそなたのためにお籠もりなどするものですか、馬鹿馬鹿しい。一之丞の縁組が成就するように願を懸けていたのですよ」

舌鋒《ぜっぽう》も鋭く切り返した。

「なんだと」

屈辱に、体中がかっと熱くなった。

同時に（義母はこうでなくてはならぬ）との奇妙な安堵が込み上げた。

「やはりな。兄上の口車に乗り、殊勝な気持ちを起こして損をいたした。間抜けな兄上はまだそのあたりで騒いでおろう。婆ぁは可愛い惣領《そうりょう》殿と仲良く帰ればよかろう」

踵《きびす》を返し、参道を、深川山本《やまもと》町方面へ立ち去ろうとしたとき。

「母上、ご無事でしたか」

今になって一之丞が、家人たちとともにどやどやと駆けつけてきた。

「大丈夫でございますか、火傷《やけど》やお怪我《けが》は……、どこにもござらぬか」

綾之丞の脇をすり抜けた一之丞は、母親の身体を頭から爪先まで、丹念に目で追って確かめた。

「父上は今夜も御城内ゆえ、ご存じありませぬが……。母上にもしものことがござれば、拙者《せっしゃ》は父上に対していかに申し開きしたものやらと案じておりました」

相変わらずの堅苦しさでくどくど口上を述べた。

少し離れた御神燈《ごしんとう》の脇では、総十郎が懐手しながらにやにや笑っている。

「して……、綾之丞が？」

ようやく落ち着きを取り戻した一之丞は、綾之丞に向き直った。

「ま、そういうこった」

綾之丞は肩をすくめて見せた。

「なんと、でかしたぞ。綾之丞」

一之丞は、感激と感謝と驚きをいっときに表したように破顔一笑した。

もっと誉めるかと思えたが、一之丞はあっさりと母親のほうへ顔を向けた。

「母上、ともかく、ひとまず屋敷に戻りませんと……」

一之丞は、壊れ物にでも触れるように義母の肩をそっと抱いた。

「さ、さ、どうぞ」

家人が負ぶおうとする手を、義母はぴしゃりとはねつけ、意外にしっかりした足取りで歩み出した。
二、三間ほど歩いてから、
「綾之丞……」

義母はくるりと振り返った。

「考えてみれば、そなたのおかげで火事に遭うたようなものです。そなたのために籠もっておったのですから」

と皮肉っぽく口の端を歪《ゆが》めた。

「なにを！　先ほどは俺のためではなく、兄上のためと申したばかりではないか」

綾之丞の言葉に、義母は一瞬、目を宙に泳がせた。

こほん。

一つ小さく咳をすると、

「ともあれ、一度、屋敷に顔を見せなさい」

澄まし顔で厳《おごそ》かに告げた。

「命を救われた恩は恩です。わらわから礼を取らさねば気が済みませぬゆえ」

お歯黒の歯が、浄心寺の御神燈にきらりと光った。

「礼などいるものか。早く消え失せろ」

綾之丞の怒声《どせい》を背に、義母の凛《りん》とした後ろ姿は、一之丞たちに守られながら人波に消えた。

「ほんまに難儀な親子やな」

傍らで成り行きを見守っていた総十郎がつぶやいた。

「絡まった糸はなかなか解けんやろけど、もうちょっと素直になったらどないや」

「あの女の出方次第だ」

綾之丞は口を尖《とが》らせた。

「顔を合わすと喧嘩《けんか》になるんかいな。血はつながらへんのに、二人が似たもの同士で笑けるがな。意地っ張りで短気で頑固者同士やから、ずっと反発してきたんやな。やられたとき、さらに倍にしてやり返してたら、キリがあらへんやろがな」

総十郎が、綾之丞の心のもやもやを代弁した。

幼い頃から、義母を憎いと思いながらも、好かれたいという思いが心のどこかにあった。

気をひくために、嫌われる行動をしていたのだろう。

(そうだった)

「義母」にも、「雪子」という優しい名があったと綾之丞は初めて意識した。

終章　落《らく》胤《いん》

一

　土佐井《とさい》道場の稽古場に一人居残った綾之丞《あやのじょう》は、死ぬほど型稽古をしたあと井戸端で水を汲《く》んだ。冷たい水で手や足を洗ったあと諸肌《もろはだ》を脱ぎ、絞った手拭《ぬぐ》いで汗まみれの身体をごしごしと拭《ふ》いた。

　すっきりとした気分で稽古着の袖《そで》に手を通したそのとき、道場の門前に駕籠《かご》が到着する気配がした。

（来客とは珍しいな。誰であろう）

　枝折戸《しおりど》越しに通りの様子をこっそりとうかがった。

　土佐井の道場兼自宅は、本所亀沢町《ほんじょかめざわ》の、入り組んだ町屋の一角にあった。

　生活音が絶え間なく聞こえる雑然とした町並みにはまるで不似合いな駕籠が、

門前にぴたりとつけられていた。

（こりゃ、駕籠というより「乗物」ではないか）

装飾が施《ほどこ》されて引き戸が付いた高級な駕籠は乗物と呼ばれる。

乗りつけられた駕籠は、金の装飾が施された豪奢《ごうしゃ》な「大名駕籠」ではなかったが、大名などがお忍びで出かけるさいに使われる「お忍び駕籠」と見受けられた。

一色家《いっしきけ》のお忍び駕籠よりさらに上物で、駕籠を舁《か》いてきた駕籠者《かごのもの》ですら見栄えのする偉丈夫《いじょうふ》ぞろいだった。

地味な羽織に半袴《はんばかま》姿の供侍は四人で、いずれも武家らしい品格が漂っていた。

供侍の一人がひざまずいて、恭《うやうや》しく駕籠の引き戸を開けた。

（来客はいかなる貴人か）

大いに興味が湧いた綾之丞は、眼を皿のようにして見つめた。

駕籠から下りた武士は極端に背が低かったものの、歩み方にも生まれ持った品の良さや威厳《いげん》が感じられた。

（ようし、客人が誰だか確かめてやる）

勝手知ったる土佐井家である。

塀際《へいぎわ》の路地とも言えぬ隙《すき》間を通って、素早く庭側に回った。

綾之丞は常人離れした聴覚ゆえ、少々、離れていても会話を聞き取れる。

座敷が見渡せる木立の陰にそっと身を潜《ひそ》めた。

ひとしきり式台のあたりで人の気配がしたあと、座敷に向かって廊下をゆったりと歩んでくる二つの足音が聞こえた。ついで襖《ふすま》が開く音がした。

立ち聞きされぬ用心だろう。土佐井が庭に面した戸障子《としょうじ》をがらりと開け放った。

座敷に通された客は武士が一人だけで供侍の姿はなかった。

武士は、金銀の刺繍《ししゅう》も豪華な頭巾《ずきん》を脱がぬまま上座についた。

「このようにむさ苦しい荒ら屋まで、わざわざお出ましとは、恐縮至極《しごく》に存じまする」

下座についた土佐井は、馬鹿丁寧《ていねい》なほど深々とお辞儀をした。

「よい、よい、楽にいたせ。城中では人目《ひとめ》が多いゆえ、余人を交えず気楽に話したいと思うて立ち寄ったまでのことじゃ」

予想通り、綾之丞の耳には二人のやり取りが丸聞こえだった。

土佐井に気取られぬよう気を配らねばならない。綾之丞は自然体となって気配を消し、庭木に同化するよう努めた。

「なかなか破天荒《はてんこう》な男に育った様子……。余は満足じゃ。それもこれも銀之丞《ぎんのじょう》のおかげと言うてやるべきかの」

武士の口から出た我が父の名に綾之丞は驚いた。

（父上のおかげとはいかなる意味か）さらに耳をそばだてた。

「『あやつ』が総十郎《そうじゆうろう》とか申す町方と偶然に出会《でお》うたは、天の配剤やもしれぬ。おかげでそこもとにも縁がつながり、あやつの様子が余にも筒抜けとなったのじゃからな」

武士は含み笑いした。

（あやつとは誰のことだ）

総十郎の名前まで出て、ますます落ち着かなくなった。

「実は過日も……は……」

土佐井があやつなる人物の話を始めたが、声が低くなって聞き取れなくなった。

「おお、そのようなことがあったか」

武士は手にした扇子《せんす》を開いて胸元を扇《あお》ぎながら愉快そうに笑った。

（いったいなにを話しておるのか）

間が悪いことに周辺の町屋から流れてくる、ざわざわした音が急に大きくなった。

綾之丞は思わず前のめりになった。目の前に茂っている椿《つばき》の小枝をぱきりと折りそうになって、慌《あわ》てて身体を引っ込めた。

土佐井の母が静々と茶を運んできて恭しく置くと、再び優雅な立ち居振る舞いで座敷を出ていった。

「内府さま……」

土佐井は呼びかけながら、ほんの少し身を乗り出した。

（内府さまだと）

綾之丞は、闇《やみ》討ちをくったように喫驚《きつきよう》した。

「内府さま」は内大臣である。現将軍である徳川家斉《とくがわいえなり》の世嗣《よつぎ》、家慶《いえよし》を指した。

（お庭番は、本丸や西ノ丸の御庭を巡察して庭師や大工の監視も行うゆえ、内府さまが土佐井先生を見知っておられても、おかしくないわけか）

一人で納得して一人で頷《うなず》いた。

「配慮は要らぬとの仰《おお》せゆえ、……に計らっておりますが……。もしもの場合も……れば、拙者《せつしや》めは気が気ではございませぬ」

途切れ途切れに聞こえる土佐井の言葉は憂《うれ》いを含んでいた。

「くどい。余が許すゆえ、いっさい斟酌《しんしやく》いたすな」

声高《こわだか》に一喝した家慶は頭巾《ずきん》を脱いだ。

日が傾きかけた弱い光の中に、意志の強そうな特異な容貌《ようぼう》が露《あら》わになった。

頭が異常に大きく顎《あご》が長かった。

不健康そうで、三十八歳という年齢よりも老けて見えた。

「ははっ」

土佐井は恐縮してひれ伏した。

「七ツ坊主」の打つ拍子木の音と、せわしない読経《どきょう》の声が近づいてきた。

七ツ坊主は、その名の通り、日暮れ七ツ（午後四時頃）から灯《ひ》の点《とも》る頃まで、町中を早足で托鉢《たくはつ》して廻る増上寺《ぞうじょう》の僧のことである。十人、二十人と大勢でやってくるためやたら五月蠅《うるさ》い。

（聞き取れぬではないか。早く行かぬか）

綾之丞は心の中で舌打ちした。

ひとしきり騒がしさが続いたものの、隣の小間物屋が喜捨《きしゃ》したらしく、かんかんという拍子木の音と読経の声は、あっという間に遠ざかっていった。

あとにはまた静けさが戻った。町屋のざわめきも気にならなくなった。

「あれは二十年前の鷹《たか》狩りのおりであったかの」

家慶は前に置かれていた茶碗の蓋《ふた》を開けて、静かに茶碗を手に取った。

「余は喬子《たかこ》と婚礼して二年ほどの頃であった。喬子とは幼少のみぎりより見知っておったゆえ、妹のごとく思えて、まだしっくり行かぬ頃であった」

喬子女王は、有栖川《ありすがわ》宮織仁《おりひと》親王の第六皇女で、幕府側が強く要請した婚姻であった。

文化《ぶんか》元年（一八〇四）、喬子女王は十歳で江戸へ下向して、五年間、江戸城西ノ丸で暮らした。

文化六年（一八〇九）、家慶は、十五歳となった喬子女王と、ようやく婚儀にこぎ着けた。

「余も若かった。田舎家にて茶の接待をしてくれた女子《おなご》が、父上の大奥にはべる数多《あまた》の美女に勝るとも劣らぬ女子であったゆえ、ひと目で心を奪われたのじゃが……」

懐かしむ口調で、家慶は茜《あかね》に染まる空に目を向けた。

「畏《おそ》れ入ります」

土佐井はなぜか恐縮した。

「在の百姓娘に扮《ふん》して警護つかまつっておりました我が娘にお手がつくとは、思いも寄らぬことでございました」

家慶と土佐井は世嗣とお庭番というだけの関係ではなかった。

「しかるべき者の養女として側室に迎えたかったものの、婚姻したばかりの喬子に配慮せねばならなかったからの」

家慶は一つ大きく息を吐き出した。

「まこと断腸の思いであった。できた赤子は、そこもとの勧めで、当時、小姓頭取《とうどり》をいたしておった一色銀之丞めに託したわけじゃが……」

家慶の口から衝撃の事実が明らかになった。

(この俺が内府さまの「御落胤」であったとは……)

大地がひっくり返ったような激しい動揺に、綾之丞はのけぞりそうになった。

がんがんという耳鳴りが襲ってきた。

これまでの銀之丞の言動には、深いわけがあったのだ。

(だから父上は俺に遠慮して、必要以上に甘やかされたのか)

銀之丞の胸の内を知らず、いい気になって過ごした愚かな日々が情けなかった。

「我が子ながら、面白い奴よ」

家慶は屈託《くったく》のない声でからからと笑うと、手にした茶碗の茶を飲み干した。

（なにが面白いだ。おかげで俺は、このようにひねくれて育ったではないか）

綾之丞は、実父の無責任さに腹が立った。

同時に、土佐井の娘だという実の母が、今、どこでどうしているのか、ひどく気になった。

「余はの……」

茶を飲み干した茶碗を見つめながら、家慶はしみじみした口調になった。

「生まれてこのかた、真綿にくるまれたような暮らしを続けてきた」

家慶には兄がいたが、早世したために、生まれてすぐ世嗣《せいし》に立てられた。

「三十八まで無為に過ごしてきた。人を見る目はあるつもりじゃが、父上の世が終わるまでは、思うままに人材を登用しての政《まつりごと》もかなわぬ。まこと情けない身じゃ」

声には自嘲《じちょう》するような響きがあった。

家慶は家斉の政に懐疑的であり、不仲であると、西ノ丸小姓を務める一之丞から聞いた記憶があった。

「我が息子には、己《おのれ》の力を存分に発揮して、思うがままに生きて欲しいものよ」

ふと漏《も》らされた本心を知って、綾之丞は（父親の情とは、我が子を千尋《せんじん》の谷に落とす獅子《しし》のごときものか）と納得した。

「綾之丞とご対面くださるお気持ちはおありでございましょうか」

土佐井の言葉に、綾之丞の胸の動悸《どうき》が高鳴った。

だが……。

「今はよい。いずれ、そのような機会もあろう」

家慶はこともなげにあっさりと否定した。

「御意《ぎよい》のままに」

土佐井は神妙に頭を下げた。

「うむ」

家慶は頷《うなず》きながら庭に目を向けた。

一瞬、目が合った気がして、綾之丞はどきりとしたが、家慶はなんの感情も見せぬまま土佐井に視線を戻した。

「ところで、内府さま、このところ、不穏《ふおん》な動きがあるようにご老中から承《うけたまわ》っております。くれぐれもご用心を……」

土佐井は意外なことを言い出した。

「誰も彼も取り越し苦労がすぎる。噂《うわさ》は噂にすぎぬ」

家慶は苦笑した。

「ともあれ西ノ丸では皆が気を揉《も》んでおろう。早々に戻るといたそう」

すっと立ち上がって土佐井とともに座敷を出た。閉じられた襖の向こうで足音が遠ざかる。

綾之丞は木立の陰で呆然《ぼうぜん》と見送った。

「……というわけなんや」

突如、背後から総十郎の粘っこい大坂弁が聞こえた。

「わわっ」

綾之丞は不覚にもその場で跳び上ってしまった。

「修行が足らんのお」

総十郎のからかうようなにやにや笑いが憎らしい。

「土佐井先生も、立ち聞きを承知のうえで、わざと事情を聞かせられたのか」

綾之丞は、総十郎にくってかかった。

「真実は、いずれわかるこっちゃさかい、ええ機会やと思わはったんやろかいな」

総十郎は綾之丞の肩に、ぽんと手を置いた。

七ツ坊主どもが、もと来た道を戻っていく。騒々しい音と声がどんどん近づいてきてすぐにまた遠ざかった。日の暮れが迫っている。

「おんどれとの出会いは、ほんまに偶然やったんや」

総十郎は手短に話し始めた。

土佐井に引きあわせた際、土佐井は綾之丞の顔を見て大いに驚いた。

総十郎には教えておくべきだと判断した土佐井は、家慶の許しを得たのち、綾之丞の出生《しゅっしょう》の秘密を打ち明けたという。

「さて行こか」

総十郎は、玄関に向かって庭をすたすた歩き出した。

「ついでやから言うといたろか」

途中でくるりと振り返ると、いつになく真剣な眼差《まなざ》しで綾之丞の目を見た。

「おんどれの母親っちゅうのはやな……」

奥底に深い淵を感じさせる眼差しで、

「あの蝶《ちょう》なんやで」と告げた。

「なんだと」

綾之丞の身体は硬直した。

(なんたる母なのだ)

任務とはいえ、我が子に色仕掛けで近づいたうえに、平気で危地に陥《おとし》れたと思えば、とうてい許せなかった。

言い表せぬほどの怒りで周囲の光景がぐらぐら揺れた。

「教えてくれ。蝶は最初から拙者が我が子だと知っておったのか」

綾之丞は言葉を絞り出した。声は乾いてしわがれていた。

「蝶は、おんどれの養子先を教えてもろてなかった。わいが蝶に教えたんは、小川《おがわ》宿でのお務めが片づいたあとやった」

お蝶が残した曼珠沙華《まんじゆしやげ》の意匠の簪《かんざし》には、深い意味があったのだ。

「実の母も、義母上《ははうえ》も、ろくなもんじゃねえや」

はすっぱな口調で吐き捨てた。

割りきれぬ思いが、綾之丞の腹中《ふくちゆう》で、どろどろに溶けて渦《うず》巻いた。

(さらに割りきれぬ問題があるではないか)と気づいた綾之丞は頭を抱えた。

恋しいお蔦《つた》は叔母《おば》で、阿久里《あぐり》は妹だったのだ。

事実を知ってしまった今、どう接してゆけばよいのだろう。

「おい、綾之丞、突っ立ってへんと、行くでえ」

何事もなかったかのような明るい声に、綾之丞は気を取り直して跡を追った。

二

本所亀沢町は武家地に挟まれた町人地だった。

日が落ちて町屋に灯の色が見え始めた。武家地は、辻《つじ》番小屋のわずかな明かりだけを残してずんずん闇《やみ》に沈んでいく。

二ツ目《ふたつめ》通りを左に曲がると、人通りは、はたと途絶えた。右手には御用屋敷の塀《へい》が長く続き、左手には小禄の旗本や御家人の屋敷が連なっている。

「総十郎は警護が務めかもしれぬが、なぜ、俺までついていかねばならぬのだ」

「まあ、ええがな。どうせ綾之丞かて暇なんやろ」

綾之丞と総十郎は言い合いながら、お忍び駕籠《かご》の十間《けん》ほど後ろを歩いた。

駕籠の中の家慶が、我が子の警護に気づいているのかいないのか定かではなかった。

「内府さまが城外にお出ましになる機会は滅多にあらへん。鷹《たか》狩りとか参詣やったら警護かて多いがな。そやから、今日はひょっとしてひょっとするかもしれへん。おもろいことがあるかもやで」

総十郎は綾之丞をからかうように、片目を不器用につぶってみせた。

老中から町奉行に身辺警護の下命《かめい》が下りて、町奉行から隠密《おんみつ》廻り同心の飛鳥《あすか》総十郎に下知《げち》されたのだから、ありえない話ではなかった。

腕が鳴る。争闘に首を突っ込みたい。命のやり取りがしたい。

綾之丞の胸は高鳴った。

先ほどまで感じていた忸怩《じくじ》たる思いは、朝靄《もや》が消えるように晴れていった。

「実の父か否かなど関係ない。向こうが勝手にかけた期待なんぞに応える気もない。だが、手加減せず暴れられる絶好の機会を逃したくないからな」

「頼んまっせ、綾之丞先生」

総十郎は綾之丞の背中を大きな掌《てのひら》で思いきりばんと叩いた。

叩かれた衝撃に、綾之丞の心の背筋がしゃんと伸びた。

御台所《おだいどころ》町の通りの左手には、土屋佐渡守《つちやさどのかみ》の広大な居屋敷が長く続いていた。右手には旗本の屋敷が並び、さらに闇は深まった。

「ぐあっ」

先頭を歩んでいた供侍の一人が首のあたりを押さえた。

よろめいたと見える間に、地面にくずおれた。

「げっ」

今一人が、目に棒手裏剣《しゆりけん》を突き立てたまま身体を反転させ、どっと転倒した。

棒手裏剣は、一般的に使われる車手裏剣に比べて、風の影響や空気の抵抗を受けにくいが、投法に手練《しゆれん》が必要だった。手裏剣に長《た》けた忍びに違いなかった。

「来た」

綾之丞と総十郎は、駕籠脇に駆けつけた。

「うわわわ」

泡《あわ》を食った駕籠者《かごのもの》が思い思いの方角に逃げ散った。

警護の供侍二人が抜刀《ばつとう》して、油断なく駕籠の左右につけた。

通りに面した屋敷林の樹上から、長さ四寸ほどの手裏剣が唸りを上げて次々に襲いかかる。

供侍二人は腕が立った。機敏な動きでかわし、あるいは太刀で叩《はた》き落とした。

(このお方は……)

供侍の一人に見覚えがあった。

(佐左衛門《さざえもん》殿ではないか)

壮烈《そうれつ》な気を放つ壮年の供侍は、西脇新陰流《にしわきしんかげ》の剣客《けんきやく》として名高く、田安《たやす》家の剣術指南を務める木村《きむら》佐左衛門だった。

綾之丞と総十郎も手裏剣をかわしながら、猿《ましら》のごとく枝から枝へと移動する敵を目で追った。

「そこだ」

総十郎は道端に転がっていた拳《こぶし》大の石を拾うや、敵をめがけて投げつけた。

石は敵に見事に当たった。

黒ずくめの敵が音もなく通りに落下する。

落下しながらも身体を反転させて、体勢を立て直そうとした。

「せい！」

空中にある者はかわせない。

総十郎の抜き打ちの一閃《せん》で、敵は胴を撫《な》で斬られた。

「！」

敵は、無様に地面と激突して動きを止めた。

悲鳴も呻《うめ》き声も上げなかった。

（これが忍びなのか）

綾之丞は背筋に寒い感触を覚えた。

武芸者の中にも手裏剣を得意とする者はいる。だが黒ずくめの上、苦痛に一声も発さぬ者は、忍びのほかにはいまい。

前方にある御家人屋敷の間の路地から、敵がばらばらと姿を現した。

後方からも多数の黒い影が出現した。大勢であるにもかかわらず足音をまったくさせずに迫ってくる。

「佐左衛門殿、内府さまをお頼み申す」

綾之丞は、駕籠脇を固める佐左衛門に声をかけた。

「参る」

愛刀「関《せき》の孫六兼元《まごろくかねもと》」を抜刀《ばっとう》して前方の敵に突進した。

総十郎が後方の敵に向かった。

駕籠者たちが戻ってきた。提灯《ちょうちん》を敵に向けて差し出して、味方の手助けをし始めた。

先頭の黒い影が二つ、同時に斬りかかってきた。

すべてが無言のままである。

上段から振りかぶってきた。

兼元を下段に構えた綾之丞は、刀身の裏面——右側の平地で弾き返した。

もう一人の敵の刀身を表面——左側の平地で弾く。巻き落とす。

体勢の崩れた敵を斬り下ろす。

敵の右腕を前腕部から切断した。

嫌な音とともに腕が地面に落下した。

敵は呻き声の一つも上げず、血が噴き出す切断部分をかばいながら、すすっと後退した。怯《ひる》むことなく、今一人が捨て身で斬りかかってくる。

刃唸《はうな》りする鋭い剣が迫ってきた。

綾之丞は八双《はっそう》の構えに転じた。

「相討ち、上等」

綾之丞は踏み込んだ。八双から斬り下ろす。

確かな手応えとともに、敵の頭蓋《ずがい》を打ち割った。

敵の刃は綾之丞の右肩を微《かす》かに掠《かす》ってから虚《むな》しく弧を描いた。

脳漿《のうしょう》を飛び散らせながら、黒い影は屋敷の土塀に激突した。

綾之丞が残る敵に刃を向けたとき。

敵の後方から「ひゅっ」という音にもならぬような声が発せられた。

途端に敵は一斉退却の挙に出た。

綾之丞をめがけて今にも攻撃をかけてくるかと思われた敵は、間合の外に飛びのいた。

今になって、ようやく総十郎に目をやった。

総十郎も数人、黒い影を葬《ほうむ》っていた。

あっという間に、敵は御家人屋敷の角を曲がって姿を消した。後方の敵も通りの彼方に走り去った。

波が引くように、どす黒い殺気も消えた。

あとには骸《むくろ》の置き土産《みやげ》が四つ残された。

(これから必殺技の「左手突き」を繰り出すはずであったのに、残念無念)

高まった闘争本能が綾之丞を駆り立てた。

「逃さぬ」

追いすがろうとする綾之丞を、総十郎は手で制した。

「追うたら、あかん。あいつらは夜目が利くさかい、闇に溶け込まれたら、わいらが不利やさかいな」

「短慮なのは、わかっておる。わかっておるが……」

綾之丞は息を整えながら気持ちを無理やり落ち着けた。

右肩に痛みを感じて確かめると、稽古着がすっぱりと斬り裂《さ》かれていて、腕の付け根あたりから出血していた。

「ほれ、手当てせな」

総十郎が手早く傷口を手拭《ぬぐ》いで縛《しば》ってくれた。

一陣の涼風が火照《ほて》った頰《ほお》を撫《な》でた。

「総十郎、あやつらは誰であろう」

おさまりきらぬ興奮を隠して、冷静な口調で問いかけた。

「およその見当はついてる。けど、まだはっきりとは、わからへん」

総十郎は首を横に振った。

刀身が曲がったために、刀は鞘《さや》に納まらなかった。綾之丞と総十郎は、太刀を左手に持ち替えて家慶の駕籠に向かった。

「かたじけない。して、お手前は……」

佐左衛門は、眉間《みけん》に皺《しわ》を寄せながら、綾之丞の顔をじっと見つめた。

「そうじゃ、そうじゃ、今思い出しましたぞ。確か、一色……、綾之丞殿でござったの」

膝をぽんと打って破顔一笑した。

「まことにお見事でござった。おかげで助かり申した」

もう一人の供侍が深々と一礼した。

駕籠を守りながらでは、手練《てだれ》の忍び相手に苦戦し、家慶の命運も尽きていただろう。

「行け」

駕籠のうちから家慶の重々しい声が響いた。

「承知つかまつりました」

駕籠を担《かつ》ぎ上げた駕籠者は、何事もなかったかのように静々と歩み始めた。

騒動の間、暗い駕籠の中で家慶はなにを思っていたのだろう。

家慶は駕籠の引き戸を開けさせもせぬまま去っていく。

「あくまで拙者《せっしゃ》と対面せぬつもりか。だが、ねぎらいの言葉くらいかけてもよかろうに」

綾之丞は暗い通りに消えていく駕籠を睨《にら》んだ。

「ともかく、内府さまが無事に西ノ丸に入られるまでは油断でけへんさかいな。念のため綾之丞も一緒に来てんか」

総十郎は綾之丞の肩を気安くぽんぽんと叩いた。

「あんな奴が俺の親父のはずがねえや」

はすっぱな悪態が口をついて出た。

「けどよ……」

綾之丞は大きく息を吸い込んだ。

「謎の一団を操《あやつ》っていた黒幕を退治して、親父に礼を言わせてやる」

綾之丞の決意に、総十郎は「かかかか、その意気やで」と白い歯を見せた。

両国橋《りょうごく》に向かう駕籠は、回向院《えこう》の堀沿いを静々と進んで、彼方の闇に溶け込もうとしていた。

「行こう」

綾之丞と総十郎は、駕籠の影を足早に追った。

コスミック・時代文庫

若《わか》さま剣客《けんきやく》 一色綾《いつしきあや》之丞《のじよう》
世嗣の子

【著 者】
藤井《ふじい》 龍《りゆう》

【発行者】
杉原葉子

【発 行】
株式会社コスミック出版
〒154-0002 東京都世田谷区下馬 6-15-4
代表　TEL.03(5432)7081
営業　TEL.03(5432)7084
　　　FAX.03(5432)7088
編集　TEL.03(5432)7086
　　　FAX.03(5432)7090

【ホームページ】
http://www.cosmicpub.com/

【振替口座】
00110-8-611382

【印刷／製本】
中央精版印刷株式会社

乱丁・落丁本は、小社へ直接お送り下さい。郵送料小社負担にてお取り替え致します。定価はカバーに表示してあります。

コスミック・特選痛快時代文庫

㊙空疑悪十北北き旗殿殿殿若若若若若若て同旗旗はややややや半半
隠蝉毛惑必兵町町ん本ささささささささら心本ぐぐささささ十十
れ元侍必殺南南れれ奉奉用用用用用用まここ影風れれれれれ影影
大奥ひ殺御御衛行幻ち心奉行心心心心心浪恭坊大大大大大始
　九と庭用用参心棒棒棒棒棒棒棒棒人四坊納納納納末
　町夜番裁裁本心四葵葵葵葵葵葵葵葵い丁大言言言言言麒
　影千半き廻蔵棒鯉鯉鯉鯉鯉鯉鯉鯉ち岡言徳徳徳徳徳麟
　仕両九きり熊之之之之之之之之両裏川川川川川児
　置　郎同狩介介介介介介介介　裁宗宗宗宗宗面
　剣　影心りの　　　　　　　　き睦睦睦睦睦橋
　　　仕　同剣　冬父東蛇幻　　親　　　　　悲
　　　置　心　　の命雲面の　子　御　大上江愁
　　　　　春　　七の別の砦舟　三江様戸
　　　　　告　　夕刺れ刺のに家戸の天　
　　　　　げ　　仇客　客死　の災姫下
　　　　　鳥　　討　　　闘　危難君人
　　　　　　　　ち　　　　　機　

如笠沖稲稲稲いいい飯飯飯飯飯飯飯飯飯飯飯飯飯飯芦芦芦麻麻麻麻浅浅
月岡田葉葉葉ずずず野野野野野野野野野野野野野野川川川倉倉倉倉黄黄
あ　治正　　みみみ笙笙笙笙笙笙笙笙笙笙笙笙笙笙淳淳一一一一
づ　次午稔稔稔光光光子子子子子子子子子子子子子子一一矢矢矢矢斑斑
さ

おお斬剣浪浪浪浪浪浪浪浪子子咲咲江将将将同同同ふ雨ふ将
ととと客人人人人人人人人分分分之戸軍軍軍心心心うの軍
ぽぽぽ捨定若若若若若若若若将将将之案案案番目目目うの家
けけけて無若さささささささ将将将軍軍軍内案安安番秘手刺指
同同同ご心ままままままままま軍軍軍みと内目安安番秘手手女
心心心免浅新新新新新新新新様様様んだ仕安番名君と夜ひ
とととご羽見見見見見見見見様様様り剣剣介君のの友千と
　　　小小小町町町左左左左左左左左信縁の介介君朋老与両夜
　　　町町町姉姉姉近近近近近近近近弥双の介　命大　　千
　　　姉姉姉妹妹妹次次次次次次次次と　剣　　の　　　両
　　　妹妹妹　　　郎郎郎郎郎郎郎郎吉双　　　危　　　　
　　　　　　夫雪　大　　将雷お将　　上上う消消消冬冬冬冬
　　　　　　婦坂　名　　軍神て軍様様え　え　　　はははは
　　　　　　桜の　盗　　の斬ん　のと　わた　ぎ　　ぎじじじ
　　　　　　　決　賊　　太り　ば　　大　か　　　つ　めめめ
　　　　　　　闘　　　　刀　　姫　　老　れ　　　ね　　事事事
　　　　　　　　　　　　　　　の　　　　た　　　火　　件件件
　　　　　　　　　　　　　　　恋　　　　女　　　　　　帖帖帖

霜霜霜島志佐佐佐佐佐佐佐佐楠楠梅北北北北北風風風風風風如
月月月木田々々々々々々々々々々木木山山川川川川川川野野野野月
　　　沢　木木木木木木木木木木　　　　　　　誠誠誠
り　り　裕裕裕裕裕裕裕裕裕　　　　　悦悦哲哲哲哲哲
りり一　　　　　　　　　　一一一知知史史史史史史
つつつ男郁一一一一一一一一一一郎郎郎史史雄雄雄雄雄雄雄
　　　　　　　　　　　　　　　　　　　　　　　　　　さ

コスミック・特選痛快時代文庫

おたすけ侍活人剣　高橋和島
密命同心轟三四郎 空飛ぶ千両箱　千野隆司
密命同心轟三四郎 水底二千両　千野隆司
夏初月の雨 へっつい河岸恩情番屋　千野隆司
鬼灯のにおい へっつい河岸恩情番屋　千野隆司
次男坊若さま修行中 初雷の祠　千野隆司
花の嵐 吟味方与力人情控　辻堂魁
やさぐれ同心忠次郎 深川の風　中岡潤一郎
やさぐれ同心忠次郎 渡世人狩り　中岡潤一郎
やさぐれ同心忠次郎 白虎死す　中岡潤一郎
捜し人 剣九郎　中岡潤一郎
仇討ち同心 慶次郎　中岡潤一郎
葵の浪人 松平新九郎 あぶれ組参上！　中岡潤一郎
美女斬り御免！ 死美人狩り　鳴海丈
酔いどれ一魂 死一倍五萬両　長谷川彰
神隠し花鳥茶屋 酔いどれ同心速水一魂　長谷川彰
町人若殿左近司多聞　早瀬詠一郎
町人若殿左近司多聞 深川のあじさい　早瀬詠一郎
町人若殿左近司多聞 大川の柳　早瀬詠一郎
見習い同心如月右京 予言殺人　早見俊
見習い同心如月右京 宿命剣　早見俊
見習い同心如月右京 かなしみ観音　早見俊
見習い同心如月右京 辻斬り悲恋　早見俊
よわむし同心信長 天下人の声　早見俊
よわむし同心信長 うらみ笛　早見俊
よわむし同心信長 消えた天下人　早見俊
よわむし同心信長 春の夢　早見俊
さすらい同心坂東一徹 仇討ち日光　早見俊
公家さま同心飛鳥業平　早見俊
公家さま同心飛鳥業平 踊る殿さま　早見俊
公家さま同心飛鳥業平 どら息子の涙　早見俊
公家さま同心飛鳥業平 世直し桜　早見俊

公家さま同心飛鳥業平 江戸の義経　早見俊
公家さま同心飛鳥業平 天空の塔　早見俊
公家さま同心飛鳥業平 魔性の女　早見俊
公家さま同心飛鳥業平 宿縁討つべし　早見俊
公家さま同心飛鳥業平 最期の瓦版　早見俊
公家さま同心飛鳥業平 心の闇晴らします　早見俊
公家さま同心飛鳥業平 別れの酒　早見俊
公家さま同心飛鳥業平 最後の挨拶　早見俊
若さま十兵衛 天下無双の居候　早見俊
真之介活殺剣 はぐれ隠密始末帖　聖龍人
真之介春風剣 はぐれ隠密始末帖　聖龍人
真之介風流剣 はぐれ隠密始末帖　聖龍人
真之介恩情剣 はぐれ隠密始末帖　聖龍人
真之介恋情剣 はぐれ隠密始末帖　聖龍人
殿さま浪人幸四郎 哀しみ桜　聖龍人
殿さま浪人幸四郎 なみだ雨　聖龍人
殿さま浪人幸四郎 雪うさぎ　聖龍人
殿さま浪人幸四郎 おもいで橋　聖龍人
殿さま浪人幸四郎 まぼろしの女　聖龍人
殿さま浪人幸四郎 へち貫の恋　聖龍人
殿さま浪人幸四郎 わかれの空　聖龍人
殿さま浪人幸四郎 お殿さま復活　聖龍人
殿さま浪人幸四郎 とむらい行灯　聖龍人
殿さま浪人幸四郎 鬼女の涙　聖龍人
殿さま浪人幸四郎 逃げる姫さま　聖龍人
殿さま浪人幸四郎 月夜の密偵　聖龍人
殿さま浪人幸四郎 まぼろし小判　聖龍人
殿さま浪人幸四郎 湯けむりの殺意　聖龍人
殿さま浪人幸四郎 裏切りの夏祭り　聖龍人
快盗若さま 幻四郎　聖龍人
快盗若さま 幻四郎 宴のあと　聖龍人

コスミック・特選痛快時代文庫

- やぶひげ祥庵 房中指南　広山義慶
- やぶひげ祥庵 女房喰い　広山義慶
- やぶひげ祥庵 闇のひめごと　広山義慶
- 若さま剣客 一色綾之丞 世嗣の子　藤井龍
- 殿は替え玉　藤村与一郎
- 殿は替え玉 両面小町　藤村与一郎
- 殿は替え玉 最高のふたり　藤村与一郎
- 落ちぶれ同心と将軍さま　藤村与一郎
- 落ちぶれ同心と将軍さま 蜂のひと刺し　藤村与一郎
- 落ちぶれ同心と将軍さま 想い笛　藤村与一郎
- 落ちぶれ同心と将軍さま 上さま危機一髪　藤村与一郎
- 落ちぶれ同心と将軍さま 影踏みの秘剣　藤村与一郎
- 大目付光三郎 殿様召捕り候　誉田龍一
- 大目付光三郎 殿様召捕り候 暗殺　誉田龍一
- 大目付光三郎 殿様召捕り候 刺客　誉田龍一
- 大目付光三郎 殿様召捕り候 謀反　誉田龍一
- 大目付光三郎 殿様召捕り候 騒動　誉田龍一
- 殿さま同心 天下御免　誉田龍一
- 殿さま同心 天下御免 旗本殺し　誉田龍一
- 流れ星 魔性剣 淫導師・流一朗太　睦月影郎
- 流れ星 外道剣 淫導師・流一朗太　睦月影郎
- 流れ星 純情剣 淫導師・流一朗太　睦月影郎
- 流れ星 邪淫剣 淫導師・流一朗太　睦月影郎
- 流れ星 斬妖剣 淫導師・流一朗太　睦月影郎
- あやかし秘剣 鬼姫おぼろ草紙　睦月影郎
- あやかし淫香 鬼姫おぼろ草紙　睦月影郎
- あやかし天女 鬼姫おぼろ草紙　睦月影郎
- あやかし淫鬼 鬼姫おぼろ草紙　睦月影郎
- あやかし秘香 鬼姫おぼろ草紙　睦月影郎
- かげろう蜜書 摩利支天あやし剣　睦月影郎
- かげろう夢幻 摩利支天あやし剣　睦月影郎
- かげろう淫花 摩利支天あやし剣　睦月影郎

- かげろう秘苑 摩利支天あやし剣　睦月影郎
- かげろう艶火 摩利支天あやし剣　睦月影郎
- つくもがみ情炎 もののけ沙耶淫気帖　睦月影郎
- つくもがみ蜜乱 もののけ沙耶淫気帖　睦月影郎
- つくもがみ爛辱 もののけ沙耶淫気帖　睦月影郎
- つくもがみ蜜楽 もののけ沙耶淫気帖　睦月影郎
- つくもがみ艶香 もののけ沙耶淫気帖　睦月影郎
- 艶用心棒　八神淳一
- 艶用心棒 刺青のおんな　八神淳一
- 艶用心棒 五万石の姫君　八神淳一
- 艶用心棒 枕絵小町　八神淳一
- ぶらり平蔵 剣客参上　吉岡道夫
- ぶらり平蔵 魔刃疾る　吉岡道夫
- ぶらり平蔵 女敵討ち　吉岡道夫
- ぶらり平蔵 人斬り地獄　吉岡道夫
- ぶらり平蔵 椿の女　吉岡道夫
- ぶらり平蔵 百鬼夜行　吉岡道夫
- ぶらり平蔵 御定法破り　吉岡道夫
- ぶらり平蔵 風花ノ剣　吉岡道夫
- ぶらり平蔵 伊皿子坂ノ血闘　吉岡道夫
- ぶらり平蔵 宿命剣　吉岡道夫
- ぶらり平蔵 心機奔る　吉岡道夫
- ぶらり平蔵 奪還　吉岡道夫
- ぶらり平蔵 霞ノ太刀　吉岡道夫
- ぶらり平蔵 上意討ち　吉岡道夫
- ぶらり平蔵 鬼牡丹散る　吉岡道夫
- ぶらり平蔵 蛍火　吉岡道夫
- ぶらり平蔵 刺客請負人　吉岡道夫
- ぶらり平蔵 雲霧成敗　吉岡道夫
- ぶらり平蔵 吉宗暗殺　吉岡道夫
- うっかり同心 蕪十内 泪橋おえん　吉岡道夫
- 鎧月之介殺法帖 女怪　和久田正明